Het bittere kruid

MIX
Papier van verantwoorde herkomst
FSC® C009076
www.fsc.org

Uitgeverij Prometheus stelt alles in het werk om op milieuvriendelijke en duurzame wijze met natuurlijke bronnen om te gaan. Bij de productie van dit boek is gebruikgemaakt van papier dat het keurmerk van de Forest Stewardship Council (FSC) mag dragen. Bij dit papier is het zeker dat de productie niet tot bosvernietiging heeft geleid.

MARGA MINCO

HET BITTERE KRUID

Een kleine kroniek

2011 Uitgeverij Bert Bakker Amsterdam

Eerste druk 1957
Achtenveertigste druk 2011

Omslagontwerp Marieke Oele, Almere
Foto omslag Hoge Sluisbrug, Amsterdam (ca. 1950)
© Cas Oorthuys, Nederlands fotomuseum
Foto auteur linkerflap Bert Voeten
Foto auteur rechterflap Klaas Koppe
Vormgeving binnenwerkMat-Zet bv, Soest
www.uitgeverijbertbakker.nl
ISBN 978 90 351 3163 7

Er rijdt door mijn hoofd een trein
vol joden, ik leg het verleden
als een wissel om...

BERT VOETEN

Aan de nagedachtenis van mijn ouders
Dave en Lotte
Bettie en Hans

Op een dag

Het begon op een dag dat mijn vader zei: 'We gaan eens kijken of iedereen er weer is.' We waren een paar dagen weg geweest. De hele stad had moeten evacueren. In allerijl hadden we een koffer gepakt en ons geschaard in de eindeloze rijen mensen die de stad uit trokken in de richting van de Belgische grens. Bettie en Dave zaten toen in Amsterdam.

'Die merken er niets van,' zei mijn moeder.

Het was een lange, gevaarlijke tocht. We vervoerden de koffer op een fiets. Aan het stuur hingen volgepropte tassen. Bomscherven en mitrailleurkogels vlogen over onze hoofden. Soms werd er iemand getroffen; dan bleef er een groepje achter. Vlak bij de Belgische grens vonden wij bij boeren onderdak. Na twee dagen zagen wij de bezettingstroepen al over de landweg rijden en enkele uren later trokken de evacués weer naar de stad terug.

'Het gevaar is geweken,' kwam een stadgenoot ons vertellen en wij gingen mee.

Thuis was alles nog zoals wij het verlaten hadden. De tafel stond nog gedekt. Alleen de klok was stil blijven staan. Mijn moeder gooide onmiddellijk de ramen open. Aan de overkant hing een vrouw haar dekens over het balkon. Ergens anders klopte iemand zijn kleden uit alsof er niets gebeurd was.

Ik ging met mijn vader de straat op. Naast ons stond de buurman in de voortuin. Hij liep naar het hekje toen hij mijn vader aan zag komen.

'Hebt u ze gezien?' vroeg hij. 'Dat is niet mals, hè?'

'Nee,' zei mijn vader, 'ik heb nog niets gezien. We gaan eens kijken.'

'De hele stad wemelt ervan,' zei de buurman.

'Dat zal wel,' zei mijn vader. 'Breda is een garnizoensstad, daar kun je zoiets verwachten.'

''t Zal mij benieuwen,' zei de buurman, 'hoe lang ze het hier houden.'

'Niet lang, dat verzeker ik u,' meende mijn vader.

'En jullie nu?' zei de buurman. Hij kwam wat dichterbij. 'Wat doen jullie?'

'Wij?' zei mijn vader. 'Wij doen niets. Waarom zouden we?'

De buurman haalde zijn schouders op en plukte een blaadje uit zijn heg. 'Als je hoort wat ze daarginds…'

'Hier zal 't zo'n vaart niet lopen,' zei mijn vader.

We gingen verder. Aan het eind van de straat kwamen we meneer Van Dam tegen.

'Kijk, kijk,' zei hij, 'we zijn er allemaal weer.'

'Zoals u ziet,' zei mijn vader, 'allemaal gezond en wel weer thuis. Hebt u al veel bekenden gesproken?'

'Zeker,' zei meneer Van Dam, 'verschillende. De zoon van de familie Meier blijkt met een paar vrienden door te zijn gereden naar de Franse grens.'

'Och,' zei mijn vader, 'zulke jongens zoeken het avontuur. Ik kan ze geen ongelijk geven.'

'Uw andere dochter en uw zoon zijn niet mee geweest?'

'Nee,' zei mijn vader, 'die zijn in Amsterdam. Daar zitten ze goed.'

'Voorlopig nog wel,' zei meneer Van Dam.

‘We gaan eens verder,’ zei mijn vader.

‘Wat bedoelde meneer Van Dam met voorlopig?’ vroeg ik hem toen we doorliepen.

‘Hij ziet het somber in, denk ik.’

‘Net als die man bij ons naast,’ zei ik.

Mijn vader fronste zijn wenkbrauwen. ‘Je kunt er nu nog niets van zeggen,’ zei hij, ‘we moeten maar afwachten.’

‘Denkt u,’ vroeg ik, ‘dat ze met ons hetzelfde zullen doen wat ze met...’ Ik maakte mijn zin niet af. Ik dacht aan al de gruwelijke verhalen die ik de laatste jaren gehoord had. Het was altijd zo ver weg geweest.

‘Hier kan zoiets nooit gebeuren,’ zei mijn vader, ‘hier is het iets anders.’

In het kantoortje van het kledingmagazijn van meneer Haas in de Catharinastraat hing een dichte tabakswalm. Verschillende gemeenteleden waren hier, als voor een vergadering, bij elkaar gekomen. De kleine meneer Van Buren draaide heftig gesticulerend in zijn bureaustoel rond. Hij had een krakerige stem. Toen wij binnenkwamen had hij het juist over een bijzondere dienst die gehouden moest worden.

‘Daar ben ik het mee eens,’ zei mijn vader.

‘Zou dat bidden wel helpen?’ vroeg de zoon van meneer Haas. Niemand scheen het gehoord te hebben, want men ging er niet op in. Ik kreeg spijt dat ik met mijn vader mee was gegaan. Ik begreep wel dat hij hier voorlopig niet weg zou kunnen. Daar ik er niets voor voelde in het rokerige vertrek te blijven zitten, ging ik de gang in naar de winkel. Er was niemand. Ik liep langs de toonbanken en rekken vol kledingstukken. Hier had ik als kind vaak met de kinderen van meneer Haas gespeeld. We verstopten ons achter de mantels en dozen. We maakten ons mooi met linten en restjes stof uit het atelier en we speelden winkeltje als de zaak gesloten was. Er hing nog dezelfde geur, zoetig en droog, zoals nieuw goed ruikt. Ik dwaalde door de smalle gangen naar het atelier en het magazijn. Het leek of het zondag was. Niemand zou vandaag iets komen kopen of zich een nieuwe mantel laten aanmeten. In een hoek van het atelier ging ik op een stapel dozen zitten wachten. Het was er vrij donker, omdat de luiken aan de buitenkant gesloten waren en er alleen licht uit de gang binnenviel. Tegen de muur hing een mantel. De rijgdraden zaten er nog in. Misschien werd hij niet meer afgehaald. Ik nam de mantel van het knaapje en trok hem aan. Voor de spiegel bekeek ik mezelf. De jas was veel te lang.

'Wat doe je toch?' Het was de stem van mijn vader.

Ik schrok, want ik had hem niet horen aankomen.

'Ik pas een jas aan,' zei ik.

'Het is nu geen tijd om aan een nieuwe jas te denken.'

'Ik wil hem ook niet hebben,' zei ik.

'Ik heb je overal gezocht; ga je mee?'

Ik trok de mantel uit en hing hem weer op het knaapje. Buiten merkte ik dat ik lang in het donker had gezeten. Ik moest even wennen aan het felle zonlicht. Het was druk op straat. Er reden veel vreemde auto's en motoren voorbij. Een soldaat vroeg aan iemand die voor ons liep de weg naar het marktplein. Het werd hem met veel arm- en handgezwaai uitgelegd. De soldaat sloeg zijn hakken tegen elkaar, salueerde en liep in de richting die hem gewezen was. Er passeerden ons nu geregeld soldaten van de bezettingstroepen. We liepen er gewoon langs.

‘Zie je wel,’ zei mijn vader, toen we al bijna thuis waren, ‘ze doen ons niets.’ En terwijl we voorbij het hekje van de buurman liepen, mompelde hij nog eens: ‘Ze doen ons niets.’

De Kloosterlaan

Als kinderen werden mijn zusje en ik, wanneer we uit school kwamen, nogal eens door andere kinderen uitgescholden. Dikwijls gebeurde het dat ze ons aan het eind van de Kloosterlaan stonden op te wachten. 'Kom maar mee,' zei Bettie dan altijd ferm en ze greep mij bij de hand. Ik stelde wel eens kleintjes voor een andere weg in te slaan of om te keren. Maar zij stapte door, mij met zich mee trekkend, recht op de scheldende troep af. Met haar schooltas links en rechts om zich heen slaand, baande mijn zusje zich een weg door de zwerm kinderen, die ons van alle kanten stompten en duwden. Ik vroeg mij vaak af waarom wij anders waren.

'De meester zegt dat joden slechte mensen zijn,' zei een buurkind, dat op een katholieke school was, eens tegen mij. 'Jullie hebben Jezus vermoord.' Ik wist toen nog niet wie Jezus was. Ik heb mijn broer eens zien vechten met een jongen die niet ophield 'vuile jood' te roepen. Hij hield zijn mond pas toen Dave hem tegen de grond had geslagen. Met een bloedend hoofd kwam hij binnen. Mijn vader wees ons daarop een litteken aan zijn slaap, waar een jongen – in zijn schooltijd – een spijker overheen had gehaald. 'Bij ons in Twente werd ook gescholden,' zei hij.

Ik had een vriendinnetje dat mij geregeld kwam halen om naar school te gaan. Ze heette Nellie en ze was witblond. Ze bleef altijd bij ons voor de deur staan.

Ze kwam nooit binnen. Als de deur openstond, keek ze nieuwsgierig de gang in. 'Hoe ziet het er bij jullie uit?' vroeg ze op een dag.

'Kom maar kijken,' zei ik.

Maar ze durfde niet, want haar moeder had haar verboden bij joden naar binnen te gaan. Ik was toen al op een leeftijd dat ik erom lachen moest. Ik was elf jaar. Ik zei dat mijn vader alle kinderen opat en dat mijn moeder er eerst soep van kookte. Sindsdien kwam ze stiekem, zonder dat haar moeder het wist, bij ons thuis.

Ouder geworden, merkten wij van dit alles nauwelijks meer iets. Kinderen beneden de tien zijn vaak wreder dan volwassenen. Wel herinner ik mij dat we een dienstmeisje hadden, dat eerst aan de pastoor toestemming moest vragen om bij ons te dienen. De pastoor vond het goed; ze hoefde zelfs op vrijdag geen vis te eten. Dat was voor haar een buitenkans, want vrijdagsavonds werd er bij ons zeer uitgebreid gegeten en er kwamen allerlei vleesgerechten op tafel.

Mijn vader was een vroom man, gesteld op een huishouding waarin de joodse wetten en rituele gebruiken gehandhaafd werden. Het moet voor hem pijnlijk geweest zijn te zien hoe wij ons daar hoe langer hoe meer aan onttrokken als gevolg van onze omgang met niet-joodse vrienden en vriendinnen, en om overal aan mee te kunnen doen. Voor Dave was dat het moeilijkst. Hij was de oudste en hij moest met alle wetten breken. Hij maakte het voor ons zusjes gemakkelijk. Ik weet nog hoe ik met een vriend in een automatiek voor het eerst een konijnenboutje at. Ik deed iets wat streng verboden was. Voor ik mijn tanden erin zette, aarzelde ik even, zoals je dat doet als je voor het eerst in het seizoen aan de rand van het zwembad staat. Maar als je doorzet heb je er de tweede keer al minder last van. Onder de bezetting kreeg het woord 'verboden' een andere betekenis voor ons. Het was verboden in cafés en restaurants te komen, in schouwburgen en bioscopen, in zwembaden en parken; het was verboden een fiets te hebben, een telefoon, een radio. Er werd zoveel verboden.

Wanneer ik inderdaad nog een klein meisje geweest was, zou ik me beslist hebben afgevraagd of het nu toch was omdat we Jezus vermoord hadden. In het eerste jaar van de oorlog werd ik ziek. Ik moest kuren in de tijd dat mijn ouders naar Amersfoort verhuisden en bij mijn broer gingen inwonen, die intussen getrouwd was.

Ik lag in het paviljoen van een Utrechts ziekenhuis en het werd me verboden uit bed te komen. Voor mij maakte de stand van de oorlog plaats voor de stand van mijn bezinking. Het onderscheid dat de doktoren en verpleegsters ten aanzien van ons patiënten maakten, was dat tussen ernstige en minder ernstige graden van tbc. Misschien was het daarom dat ik het kuren niet zo erg vond als wanneer ik het in een normale tijd had moeten doen. Alleen op de bezoekuren waren het de oorlog en de nieuwe maatregelen die aan mijn bed zaten. Maar het was of ik daar niet onder viel, of het een andere wereld betrof.

Toen mijn toestand verbeterde, kon ik mij er niet meer aan onttrekken. Ik wist dat ik bij het verlaten van het ziekenhuis midden in de Kloosterlaan zou stappen, dat de troep scheldende kinderen op me stond te wachten en dat ik er weer doorheen zou moeten.

De sterren

Van het raam van mijn kamer uit zag ik in de verte mijn vader aankomen. Sinds enige weken was ik uit het ziekenhuis. Wel moest ik nog een paar uur per dag rusten, maar ik was geheel hersteld.

Meer dan deze straat kende ik van Amersfoort nog niet. Het was een stille buitenwijk met nieuwe, twee aan twee gebouwde huizen, omringd door tuinen.

Mijn vader liep met korte, stevige passen en nam met een zwierig gebaar zijn hoed af voor een vrouw, die in haar voortuin bloemen stond te plukken. Zij scheen iets tegen hem te zeggen, want hij hield even zijn pas in. Toen hij vlak bij huis was, zag ik dat hij een pakje in zijn hand hield. Een bruin pakje. Ik ging naar beneden, stak mijn hoofd om de huiskamerdeur en kondigde aan: 'Daar komt vader met een pakje.'

'Wat zit erin?' vroeg ik bij de voordeur.

'Waarin?' vroeg mijn vader, die rustig jas en hoed ophing. Hij had het pakje op de kapstok gelegd.

'Nou,' zei ik ongeduldig, 'in dat pakje dat je bij je hebt.'

'Je zult het wel zien,' zei hij. 'Kom maar.'

Ik volgde hem naar binnen. Daar legde hij het op tafel, terwijl iedereen er nieuwsgierig naar keek. Er zat een touwtje omheen, waarvan hij eerst geduldig de knopen lospeuterde. Daarna vouwde hij het papier open. Het waren de sterren.

'Ik heb er voor allemaal wat meegebracht,' zei hij, 'dan kunnen jullie ze op al je jassen naaien.'

Mijn moeder nam er een uit het pakje en bekeek die aandachtig. 'Ik zal eens zien of ik gele zij in huis heb,' zei ze.

''t Is oranje,' zei ik, 'je moet er oranje garen voor gebruiken.'

'Het lijkt mij beter,' zei Lotte, de vrouw van mijn broer, 'om garen in de kleur van je mantel te nemen.'

'Het zal afschuwelijk staan op mijn rode jasje,' zei Bettie. Ze was uit Amsterdam overgekomen en bleef een paar dagen logeren.

'Zien jullie maar hoe je het doet,' zei mijn vader. 'Als je er maar aan denkt dat ze aan de linkerkant op borsthoogte moeten zitten.'

'Hoe weet je dat?' vroeg mijn moeder.

'Het stond toch in de krant,' zei mijn vader. 'Heb je dat niet gelezen? Ze moeten duidelijk zichtbaar zijn.'

'Wat heb je er veel meegebracht,' zei mijn moeder, die aan ieder van ons een paar sterren uitdeelde. 'Kon je er zoveel krijgen?'

'O ja,' zei mijn vader, 'zoveel ik maar wou.'

'Het is wel gemakkelijk,' zei ze. 'Nu kunnen we er wat in reserve houden voor het zomergoed.'

We haalden de jassen van de kapstok en gingen de sterren erop naaien. Bettie deed het heel nauwkeurig, met kleine onzichtbare steken. 'Je moet ze zomen,' zei ze tegen mij, toen ze zag hoe ik de ster met grote, slordige steken op mijn mantel zette. 'Dat staat veel netter.'

'Ik vind het zulke onhandige dingen,' zei ik, 'hoe kun je nu een zoom krijgen in die ellendige punten?'

‘Je moet eerst de zoom erin rijgen,’ zei Bettie. ‘Daarna speld je hem op je mantel, je naait hem vast en haalt de rijgdraad er weer uit, dan móet hij goed zitten.’

Ik probeerde het opnieuw. Ik was niet zo handig met naald en draad als mijn zusje. De ster kwam er ten slotte scheef op.

‘Nu kun je niet lezen wat erop staat,’ zei ik zuchtend, ‘maar dat zal geen bezwaar zijn. Ze zullen het zó ook wel weten.’

‘Kijk eens,’ zei Lotte, ‘hij past precies in de ruit van mijn jas.’ We bekeken haar mantel, die ze dadelijk aantrok.

‘Keurig,’ zei mijn moeder, ‘je hebt hem er netjes op gezet.’

Bettie schoot nu ook in haar jas. Samen liepen ze de kamer door.

‘Net Koninginnedag,’ zei ik. ‘Wacht even, dan trek ik de mijne ook aan.’

‘Die valt er zo weer af,’ zei Lotte.

‘O nee,’ zei ik, ‘die kan er nooit meer af.’

‘Wat doen jullie?’ vroeg Dave. Hij stond ons in de kamerdeur verbaasd aan te staren.

‘We zijn de sterren aan het opnaaien,’ zei Lotte.

‘Ik zoek mijn jas. Heeft iemand mijn jas gezien?’ vroeg hij.

‘Die is hier,’ zei Lotte, ‘hij is nog niet klaar.’

‘Ik moet even weg,’ zei Dave, ‘kan ik hem zó nog aantrekken?’

‘Vandaag kan het nog zó,’ zei mijn vader.

‘Wil ik hem er even voor je op zetten?’ bood ik aan. ‘Ik ben er erg handig in.’

'Nee,' zei Dave, 'laat me vandaag dan nog maar gewoon zijn.'

Toen hij het tuinhekje opendeed en de straat uit liep, keken we hem met ons vijven na, alsof er iets heel bijzonders aan hem te zien was.

Het flesje

Mijn broer bekeek aandachtig het medicijnflesje dat hij in zijn hand hield. Het was gevuld met een bruinachtige vloeistof.

'Ben je ziek?' vroeg ik.

'Nee,' zei hij, 'waarom?'

'Je hebt daar toch een drankje?'

'Dat is voor morgen,' zei hij.

'Voor… eh, de zenuwen?' vroeg ik.

'Nee, voor iets anders,' zei hij.

'Is het gevaarlijk?' vroeg Lotte.

'Misschien,' zei hij. Hij deed de kurk eraf en rook eraan.

'Zou je 't dan wel doen?' zei ze.

'Och,' zei Dave. Hij stak het flesje in zijn zak en liep door dc geopende tuindeuren naar buiten. Hij raapte een steentje van het grindpad en keilde het over het hek. Ik was hem gevolgd omdat onder het zonnescherm mijn ligstoel stond. Ik mocht nog steeds niet helemaal in de zon liggen. Alleen met mijn benen. Ik verschoof de stoel, zodat de zon op het voeteneind viel.

'Wat heeft het lang geduurd, hè?' zei ik tegen Dave, die met zijn rug naar me toe de tuin in stond te staren.

'Wat heeft lang geduurd?' vroeg hij.

'Mijn ziekte,' zei ik. 'Ik ben beu van het liggen.'

'Wees blij dat je beter bent,' zei hij.

'Word je er ziek van?' vroeg ik.

'Waarvan?'

'Het... flesje,' zei ik aarzelend.

Hij haalde zijn schouders op. 'Je wordt er wat beroerd van,' zei hij, 'en dat moet ook.' Hij draaide zich om en ging weer naar binnen. De dag daarop zouden mijn vader en hij – zoals alle joodse mannen in Amersfoort – zich moeten laten keuren voor de werkkampen. Mijn vader geloofde niet dat hij zou worden goedgekeurd. Hij had een huiduitslag, waar hij nu erg mee ingenomen was. 'Mij moeten ze niet, dat zul je zien,' zei hij. Ik vermoedde dat hij er iets aan deed waardoor het verergerde. Ik wist dat Dave ook op een middel zon om niet in een werkkamp terecht te komen. Zodra het bekend was geworden, liep hij enige kennissen af en na een paar dagen zei hij dat hij er iets op gevonden had. Ik begreep eerst niet wat het medicijnflesje ermee te maken kon hebben. Een drankje associeerde ik altijd met beter worden.

Uit de kamer klonk vioolmuziek. Ik had mijn broer in lang niet horen spelen. Ik draaide me op mijn stoel om en gluurde naar binnen. Hij stond midden in de kamer en improviseerde een csardas. Lotte zat naar hem te kijken. Hij hield zijn hoofd wat naar voren, zijn haar viel in zijn gezicht. Ik zag de vingers van zijn linkerhand bewegen over de snaren. Ik ging weer recht liggen om naar zijn spel te luisteren, maar plotseling brak hij af en even later hoorde ik het deksel van de vioolkist dichtslaan.

De volgende morgen zag ik het flesje in de badkamer. Voorzichtig deed ik de kurk eraf. Het rook bitter. Ik ontdekte nu ook dat er al iets uit was. Het was een gewoon flesje, zoals er zovele in een medicijnkastje staan. Er zat alleen geen etiket op. 's Middags stond het nog op dezelfde plaats, maar er zat niets meer in en de kurk lag ernaast. Toen ik naar beneden wilde gaan, kwam mijn broer juist de trap op. Bij de bovenste tree keerde hij zich om en liep terug, waarna hij weer onmiddellijk naar boven ging. Hij zag wit en er stonden zweetdruppels op zijn gezicht.

'Werkt het snel?' vroeg ik.

'Ja,' mompelde hij, opnieuw de trap bestijgend.

'Is het dan nodig om ook nog zo vaak de trap op en af te lopen?'

'Alles is nodig,' zei hij. Hij stond bovenaan en kwam vlug naar beneden. 'Af gaat nog vlot,' zei hij, 'maar met klimmen heb ik al aardig wat moeite.'

'Hoe lang doe je dat nog?' vroeg ik.

'We moeten zo weg,' zei hij.

Het duurde lang voor ze terugkwamen.

'Misschien houden ze ze daar wel,' zei mijn moeder.

'Er zijn er een heleboel die gekeurd moeten worden,' zei ik.

'Als het flesje maar geholpen heeft,' zei Lotte.

Een paar uur later kwamen ze thuis. Dave zag er nog ellendiger uit, maar zowel hij als mijn vader waren erg opgewekt, want ze waren beiden afgekeurd.

'Wat zei de dokter?' wilde Lotte weten.

'Hij zei niet veel,' zei Dave, 'maar hij vond me niet geschikt voor een werkkamp.' Hij ging op de divan liggen. Zijn haar zat verward en hij had donkere kringen onder zijn ogen.

Een paar jaar tevoren had ik hem ook eens zo zien liggen. Hij studeerde in Rotterdam, en toen mijn vader hem daar onverwacht op kwam zoeken, bleek dat hij al meer dan een week aan het fuiven was en voortdurend in staat van dronkenschap verkeerde. Mijn vader nam hem mee naar huis. 'Al dat drinken,' zei hij. 'Het is funest voor de gezondheid.'

Mijn broer liet zijn arm slap naast de divan hangen; zijn hemd had hij losgeknoopt.

'Van zo'n paar druppels,' zei hij.

De foto's

Na een paar dagen was Dave van de nadelige uitwerking van het bruine drankje hersteld. Lotte rende met lekkere hapjes van de keuken naar de slaapkamer en mijn moeder kwam met allerlei raadgevingen.

'Geef hem veel melk, dat is altijd erg goed in zulke gevallen,' zei ze, alsof ze het al vaker bij de hand had gehad.

'Laat hem maar rusten,' zei mijn vader. Maar spoedig was hij weer beneden. Hij bleef er echter een hele tijd slecht uitzien. Toch ging hij mee naar de fotograaf, om net als de anderen een portret te laten maken.

Mevrouw Zwagers was ermee begonnen. 'We hebben ons allemaal laten fotograferen,' zei ze op een middag tegen mijn moeder toen ze thee kwam drinken. 'Mijn man en ik samen, en de kinderen. Weet je, het is zo'n aardig aandenken voor later. Je kunt nooit weten wat er nog zal gebeuren, en dan heb je tenminste een foto van elkaar.'

Mijn moeder was het daarmee eens. 'Dat moesten wij ook maar doen,' zei ze. 'Ik vind het een goed idee.'

'Laten we dan maar allemaal naar Smelting gaan,' zei mijn vader, nadat mijn moeder er met hem over gesproken had. En tegen ons: 'Zorg dat jullie er goed uitzien.'

'Ik ben niet erg fotogeniek,' zei ik. Ik had niet veel zin om mee te gaan.

'Wat heeft dat er nu mee te maken?' zei mijn moeder.

'Trouwens,' zei ik, 'we hebben foto's genoeg. Een album vol.'

'Dat zijn bijna allemaal vakantiekiekjes,' zei mijn moeder. 'Kiekjes van jaren geleden.'

'Die zijn toch leuk,' zei ik. 'Wat hebben we nu aan zo'n geposeerde foto!'

'Smelting maakt hele goeie portretten,' zei mijn moeder.

Ofschoon ik niet van plan was me te laten fotograferen, ging ik toch mee. Lotte droeg een nieuwe zomerjurk. Haar blauwzwarte haar had ze zorgvuldig omhoog gekamd. Samen met Dave poseerde zij op de bank van meneer Smelting.

'Kijkt u even naar mijn hand,' zei de fotograaf. Hij stak zijn hand omhoog en mijn broer en zijn vrouw keken ernaar.

'Nu nog even lachen,' zei meneer Smelting. Ze glimlachten tegelijk.

'Dank u,' zei hij. 'Wie volgt.'

Mijn ouders keken ook naar de hand. 'Lacht u maar gerust zoveel u kunt,' zei hij. 'Op een foto moet men zo vrolijk mogelijk afgebeeld staan.'

'Ik kom de volgende keer wel,' zei ik.

Er brak een drukke tijd aan voor meneer Smelting. De een hoorde het van de ander. Geregeld kregen we bezoek van kennissen, die met hun portretten voor de dag kwamen. Ze stonden er allemaal net eender op. Iedereen had naar de hand gekeken en even gelachen. Op een middag zou mijn moeder bij mevrouw Zwagers op visite gaan; ze wou haar ook de foto's laten zien. Maar nog geen halfuur later kwam ze met een ontdaan gezicht terug.

'Ze zijn weg,' zei ze. 'De hele familie Zwagers is ondergedoken. Ik hoorde het van de buren. Ze hebben alles achtergelaten. Ik liep langs hun huis. Het zag eruit alsof ze er nog woonden.'

Het was voor het eerst dat we hoorden dat iemand was ondergedoken.

'Waar zouden ze naartoe zijn?' vroeg ik.

'Natuurlijk ergens op het land, bij boeren,' zei mijn moeder. 'Ze heeft me er niets van verteld.'

'Allicht niet,' zei mijn vader, 'zoiets hang je niet aan de grote klok.'

'Het is wat,' zei mijn moeder, 'om zó je boel achter te laten.'

'Als je met vakantie gaat, laat je je boel ook zo achter,' zei ik.

'Dan weet je tenminste wanneer je terugkomt,' zei mijn moeder. 'En dan met vier kinderen,' liet ze erop volgen, 'wat moet je dáár al niet voor meenemen.'

'Onderduiken,' zei ik tegen mijn vader, 'het lijkt me zoiets als je terugtrekken uit het leven.'

'Misschien hebben ze gelijk,' zei mijn vader. 'Wat kun je ervan zeggen?'

'Ik had ze graag de foto's laten zien,' zei mijn moeder. 'Wie weet hoe lang ze nog weg zullen blijven.'

Het gebeurde

'Knechten heersen over ons; er is niemand, die ons uit hunne hand rukke.'
KLAAGLIEDEREN 5:8

Ik had altijd gedacht dat er met ons niets zou gebeuren. Ik kon me dan ook eerst niet voorstellen dat het waar was. Toen die morgen het telegram uit Amsterdam kwam, was mijn eerste gedachte: iemand moet zich vergist hebben. Maar dat was niet zo.

Om bijzonderheden te weten te komen, ging ik met mijn vader opbellen bij een kennis die getrouwd was met een vroedvrouw. Zijzelf was niet joods en daarom mocht zij haar telefoon houden voor haar werk. In een donkere achterkamer was zij bezig een koffertje te pakken, terwijl mijn vader verbinding zocht met Amsterdam. Ik kon uit het gesprek niet veel opmaken. Hij gaf met lange tussenpozen korte antwoorden, alsof degeen die aan de andere kant van de lijn zat een uitvoerig verhaal deed.

Intussen liep de vroedvrouw de kamer op en neer, ze zocht iets in een kast, ging naar een ander vertrek en kwam weer terug. Ze was groot en blond. Ze had platte schoenen aan en de leren zolen kraakten voortdurend.

'Op het Merwedeplein zijn ze begonnen,' zei mijn vader toen het gesprek afgelopen was. Hij bleef even met de hoorn in zijn hand staan.

'Ik ga zover met u mee,' zei de vroedvrouw. Ze sloot het koffertje en deed haar mantel aan. Ze ging ons voor naar de gang. 'Het is een afschuwelijke tijd,' zei ze. 'En ik heb het razend druk; het is bijna niet bij te houden.'

''s Avonds om negen uur zijn ze met overvalwagens voor komen rijden,' zei mijn vader. Hij bleef in de deuropening staan, alsof hij aarzelde tussen de straat en de kamer met de telefoon.

'Is het uw andere dochter?' vroeg de vroedvrouw.

Mijn vader knikte. De vroedvrouw trok de deur dicht.

'Wat ben ik u schuldig?' vroeg mijn vader.

'Zestig cent,' zei ze. 'Het zijn bijna allemaal dochters. De mensen denken altijd dat het een zoon wordt, maar in de meeste gevallen is het een dochter.' Ze groette en stapte haastig op de fiets.

Langzaam liep ik met mijn vader de andere kant op. Hij keek strak voor zich uit.

Ik zag het voor me. Ik zag de grote auto's en ik zag mijn zusje erin zitten.

'Je kunt niets doen,' zei mijn vader, 'je kunt geen hand uitsteken.'

Ik wist niet wat ik zeggen moest. Ik voelde me net als die keer, lang geleden, dat ik haar bijna had zien verdrinken. We waren bij mijn grootouders in Twente gelogeerd en van daar uit brachten we een dagje aan de Dinkel door. Ik was zeven en Bettie acht. We mochten pootjebaden, terwijl mijn ouders onder een boom in de schaduw zaten. We plukten bloemen aan de waterkant en Bettie zei: 'Daar aan de overkant staan mooie.' Ze stapte erheen en ik zag hoe ze in het water verdween. Ik stond sprakeloos en onbeweeglijk naar haar arm te kijken, die alleen zichtbaar bleef doordat ze zich aan een graspol had vastgegrepen. Mijn vader sprong toen gekleed te water en kon nog juist haar hand grijpen.

Lang bleef ik die boven het water uitstekende arm voor me zien. Het was een heel andere arm geworden dan zij in werkelijkheid had. Als we met elkaar speelden, of als we aan tafel zaten, keek ik ernaar en dan kon ik er geen gelijkenis meer in vinden.

We waren bij ons huis aangekomen. Mijn vader liep naar binnen. Ik bleef in de voortuin en ging op het bankje zitten. In de perken bloeiden narcissen en tulpen. De dag tevoren had ik er wat van geplukt; ik kon zien waar ik ze afgeknipt had. Binnen vertelde mijn vader van de overvalwagen die was komen voorrijden.

Nu had het geen zin dat ze haar arm uit die auto stak. Als ze het deed, was het omdat er binnen geen plaats meer voor was, want er was niemand die haar van buiten af zijn hand zou reiken.

Kampeerbekers

Ze zeiden tegen ons: 'Jullie hadden al lang weg moeten zijn.' Maar we haalden onze schouders op. We bleven. Ik mocht nu veel gaan wandelen en ik had achter ons huis een landweggetje ontdekt dat op een bos uitkwam. Het was er heel stil. Af en toe kwam een boer voorbij met melkkannen. Hij keek naar de ster op mijn jas en groette schuw, maar dat zou hij iedereen gedaan hebben.

Een magere hond wandelde met me mee. De schelle roep van een vrouw klonk in de verte.

Op een dag kwam ik van een wandeling thuis en vond drie brieven in de bus. Drie gele enveloppen. Onze namen stonden er voluit op en ook de datum van onze geboorte. Het waren de oproepen.

'We moeten ons melden,' zei Dave.

'Ik voel er weinig voor,' zei Lotte. Alles was nog zo nieuw in hun huis.

'We zullen iets zien van de wereld, het lijkt me wel avontuurlijk,' zei Dave.

'Het zal een enorme reis zijn,' zei ik. 'Ik ben nog nooit verder geweest dan België.'

We kochten rugzakken en voerden onze kleren met bont en flanel. We stopten overal doosjes vitaminen in. Ze hadden ons gezegd dat we dat doen moesten. Op de oproep stond ook nog dat we kampeerbekers moesten meenemen. Dave zou ze in de stad gaan kopen. Toen hij al bijna de straat uit was, kwam ik hem snel achterop.

‘Ik ga even mee,’ zei ik. ‘Ze zullen niet gemakkelijk te krijgen zijn.’

‘Denk je?’ vroeg Dave. ‘We zullen zien.’

In een bazaar, waar we eerst voorbijkwamen, zagen we alleen maar stenen bekers. ‘Die breken te gauw onderweg,’ zei Dave. In een volgende winkel hadden ze wel kampeerbekers, maar die vond hij te klein. ‘Daar kan niks in,’ zei hij.

Ten slotte kwamen we in een winkel waar ze bekers hadden die hij geschikt vond. Het waren rode, inklapbare bekers, van een groot formaat.

‘Wat zal erin komen?’ vroeg Dave mij.

‘Er kan van alles in, meneer,’ zei de bediende. ‘Melk en koffie, heet geserveerd, of wijn en limonade. Ze zijn van uitstekende kwaliteit, geven niet af en hebben geen bijsmaak. Bovendien zijn ze gegarandeerd onbreekbaar.’

‘Dan zullen we er drie nemen,’ zei Dave. ‘Hebt u alleen rode?’

‘Ja,’ zei de bediende, ‘ik heb alleen rode; maar om te kamperen staat het heel fleurig.’

‘U hebt gelijk,’ zei Dave. We gingen de winkel uit. Hij droeg de bekers, waar de bediende een keurig pakje van gemaakt had.

‘’t Is jammer dat we nergens in mogen,’ zei hij, ‘we hadden anders in de stad koffie kunnen drinken en ze meteen even kunnen proberen.’

‘Ze moeten eerst afgewassen worden,’ zei ik.

Op weg naar huis kwamen we meneer Zaagmeier tegen. ‘We hebben bekers gekocht,’ zei Dave tegen hem, ‘mooie, rode kampeerbekers, voor alledrie een.’

‘Hebben jullie ook een oproep gehad?’ vroeg meneer

Zaagmeier. 'Och, och, mijn zoon ook. Ik ga nu proberen of er iets aan te doen is.'

'Waarom?' vroeg Dave. 'Het helpt immers niet.'

'Ga maar mee,' zei meneer Zaagmeier, 'ga maar met mij mee; ik ken iemand. Misschien kan die voor jullie ook wel iets in orde maken.'

'We hebben al gepakt,' zei ik.

Meneer Zaagmeier nam ons mee naar de kennis.

'Ik zal jullie helpen,' zei de kennis, 'als je precies doet wat ik zeg.'

'Jammer,' zei Dave nog eens, 'we hebben al gepakt, overal vitaminen ingenaaid en net kampeerbekers gekocht.'

'Als je ernaartoe gaat, kom je nooit meer terug,' zei de kennis van meneer Zaagmeier, 'wees verstandig.'

'Ze zullen ons oppakken als we ons niet melden,' zei ik.

'Doe maar wat ik zeg,' zei de kennis van meneer Zaagmeier. 'Komen jullie vanavond om negen uur bij me.'

Toen we naar huis liepen, spraken we geen van tweeën. Ten slotte zei Dave: 'Ik begrijp niet waarom de mensen ons zo bang maken. Wat zullen ze ons nu doen?'

'Ja,' zei ik, 'wat zullen ze ons doen?'

'We hadden iets van de wereld kunnen zien,' zei hij peinzend.

Lotte stond ons in de voortuin op te wachten. 'Wat zijn jullie lang weggebleven,' zei ze. 'De dokter is geweest. Hij wil niet dat je weggaat, nu je pas beter bent. Je moet voorzichtig zijn, zei hij. Hij heeft een attest voor je achtergelaten.'

‘Och,’ zei ik, ‘we gaan geen van drieën.’

‘Ja,’ zei Dave, ‘we hebben al kampeerbekers gekocht. Kijk maar.’ Hij pakte ze uit en zette ze op het hekje van de voortuin.

‘Wat zullen we ermee doen?’ vroeg hij.

Verzegeld

Wij hoefden niet naar de kennis van meneer Zaagmeier, want Dave kreeg ook een attest. Er stonden nu twee bedden in de kamer en mijn broer en ik liepen de hele dag in pyjama rond, om in bed te kunnen springen zodra er gebeld werd. Lotte mocht blijven om ons te verzorgen. Maar mijn ouders moesten naar Amsterdam, omdat ze boven de vijftig waren.

Het was een nieuwe verordening. Ze mochten maar één koffer met kleren meenemen, en voor ze weggingen moesten deze koffer en de kamer waarin ze gewoond hadden verzegeld worden.

'Heb je niets vergeten?' vroeg mijn vader.

'Nee, niets,' zei mijn moeder. Ze liep de kamer op en neer, alsof ze naar iets zocht wat ze nog mee kon nemen. Mijn vader stond uit het raam te kijken.

'Ze zouden voor drieën komen,' zei hij. Hij raadpleegde zijn horloge. ''t Is al vijf over.'

'Denk je dat die koffer weer open moet?' vroeg mijn moeder.

'Welnee,' zei mijn vader, 'daar hebben ze allemaal geen tijd voor. Ze plakken er even een zegeltje op, meer niet. Daar zijn ze.'

Twee mannen in zwarte leren jassen deden het tuinhekje open en belden aan. Dave en ik lagen al in bed. Lotte ging naar de deur. Ze liepen zonder iets te zeggen naar binnen.

'Moet die koffer nog open?' hoorde ik mijn moeder zeggen.

'Daar komen we voor,' zei een van hen.

Ik had gezien hoe zorgvuldig mijn moeder alles had ingepakt. Nu zouden ze het allemaal weer overhoophalen, alsof op de bodem iets lag wat ze kwijt waren. Het herinnerde me aan een reisje naar België dat we vlak voor de oorlog hadden gemaakt. Op de terugreis werd mijn moeder erg onrustig. Ze vroeg om de vijf minuten aan mijn vader of hij dacht dat de koffer opengemaakt moest worden. Ik begreep eerst niet waar ze zich over opwond. Maar het werd me duidelijk toen de douane later haar koffer doorzocht. Het bleek dat er twee grote flessen eau de cologne in zaten. Er moesten invoerrechten op betaald worden en mijn moeder had ze dus net zo goed in Holland kunnen kopen.

Toen de mannen weg waren, bekeken we de zegels.

'Het is een klein kunstje de zegels los te maken en nog iets in de koffer te doen,' zei ik. 'Je kunt ze altijd weer met gluton vastplakken.' Ik peuterde aan een hoekje. Het liet inderdaad gemakkelijk los.

'Laat maar,' zei mijn vader, 'we hebben niets meer nodig. Trouwens, zo lang blijven we niet weg.' Hij had zo'n onverwoestbaar optimisme, dat het aanstekelijk werkte. Ik vroeg geregeld wat hij van de toestand dacht, alleen omdat ik al bij voorbaat wist dat ik iets te horen zou krijgen wat me geruststelde. Als ik bang werd door de verhalen die anderen over Polen vertelden, zei hij altijd: 'Het zal zo'n vaart niet lopen.' Ik heb nooit geweten of mijn vader dit zelf geloofde, of dat hij het alleen maar zei om ons moed in te spreken.

'Kijk,' zei hij, 'ze hebben natuurlijk jonge mensen

nodig voor de oorlogsindustrie, want alle mannen zijn in het leger. De ouderen moeten in Amsterdam gaan wonen. Ze maken daar weer een getto. Het zal een grote kille worden.'

'Laten we hopen dat het niet lang meer duurt,' zei mijn moeder. Ik wist dat ze aan Bettie dacht. 'Ik maak het goed,' schreef ze op een kaart, die we een paar dagen na de razzia van haar gekregen hadden. 'Maak je vooral geen zorgen.' Als het niet te lang duurde zou ze het daar wel kunnen uithouden. 'Ze is flink en gezond,' zei iedereen, 'zij zal zich er best doorheen slaan.'

Nadat mijn ouders vertrokken waren, stonden Lotte en ik in de gang en bekeken het zegel dat over de deurpost geplakt was. De kamer kreeg er iets geheimzinnigs door. Alsof er iets verborgen lag wat wij niet zien mochten.

'We gaan gewoon naar binnen,' zei Lotte. Met haar nagel spleet ze het zegel op de kier van de deur doormidden. We hadden het gevoel of we een vreemde kamer betraden. Voorzichtig, alsof we bang waren dat iemand ons zou horen, liepen we om de tafel heen, raakten even een stoel, een kastje aan.

'Ze hebben alles opgeschreven,' fluisterde Lotte. 'We kunnen er niets meer uit halen.'

Ik verschoof een vaasje. 'Het is ook net of het niet meer van ons is,' fluisterde ik terug. 'Hoe zou dat komen?'

'Omdat ze overal met hun handen aan zijn geweest,' zei Lotte.

We gingen de kamer uit en lieten het gescheurde zegel zitten.

In bewaring

'Hoe jij het zo veel maanden in bed hebt uitgehouden is me een raadsel,' zei Dave tegen mij. We liepen nu al enige weken in pyjama en lagen soms de hele dag in bed, omdat er geruchten over huiscontrole de ronde deden.

'Och,' zei ik, 'als je ertoe gedwongen wordt.'

'Ja,' zei hij, 'dan went 't natuurlijk. Dat gaat net als met een ster dragen en geen radio hebben.'

'In het ziekenhuis had ik anders meer het gevoel dat het voor mijn bestwil was,' zei ik.

'Zeg, mag ik je racket lenen?' hoorde ik ineens buiten roepen. De tuindeuren stonden open. De dochter van de buren stak haar hoofd boven de schutting. Lachend keek ze naar binnen.

'Ja hoor,' riep ik terug.

Ze klom over de schutting en sprong in onze tuin.

'Wat fijn,' zei ze. Ze klopte wat zand van haar wijde gebloemde rok.

'Ik heb 't niet nodig,' zei ik, 'je mag 't gerust hebben.'

'Jullie tennissen nu natuurlijk toch niet, hè?' zei ze.

'Nee,' zei Dave. 'Nu niet.'

'Trouwens,' zei ze tegen mij, 'je zou van de dokter toch nog niet hebben mogen spelen.'

'Je hebt gelijk,' zei ik. 'Kom maar even mee naar mijn kamer.'

We gingen naar boven. Terwijl ik in een kast naar

mijn racket zocht, snuffelde het meisje tussen mijn boeken. 'Wat leuk is dat!' zei ze.

Ik draaide me om. Ik dacht dat ze een boek bedoelde, maar ze stond met een stenen katje in haar hand.

'Neem maar mee,' zei ik. 'We zullen hier toch niet lang meer kunnen blijven.'

'Graag,' zei ze. 'Het zou zonde zijn als je al die leuke dingen hier liet staan.'

'Dat is waar,' zei ik. 'Neem nog maar iets mee.'

Ze liep de kamer rond, pakte een vaasje, een houten bakje, een oud koperen doosje en nog wat kleine dingen.

'O,' riep ze, 'dat tasje!' Ze zette de dingen die ze in haar handen hield op het tafeltje en pakte het tasje dat aan een stoel hing. Ze bekeek het van alle kanten, deed het open en haalde eruit wat erin zat.

'Hier,' zei ze, 'ik zal er alles maar uit doen. 't Is een beeldig tasje.'

'Het is van mijn zusje,' zei ik. 'Ze heeft het zelf gemaakt.'

'Kon ze zo goed leerbewerken?' vroeg ze.

'Ze heeft veel dingen van leer gemaakt. Erg mooi.'

'Ik zal het voor je bewaren,' zei ze.

'Goed,' zei ik.

'Ik kan het wel af en toe eens gebruiken, hè?'

'Ja,' zei ik, 'doe maar.'

Met het racket, het tasje en de andere dingen in haar armen bleef ze staan en keek mijn kamer rond, alsof ze nog iets vergeten had.

'Dat tegeltje…' zei ze.

Ik pakte het van de muur en legde het boven op de andere dingen.

‘Ik zal de deur voor je opendoen,’ zei ik.

‘Ik had beter een tas mee kunnen nemen,’ zei ze lachend.

‘Maar je wist natuurlijk niet dat je zoveel te dragen zou hebben. Je kwam toch alleen voor het racket?’

‘Allicht,’ zei ze. ‘Fijn dat ik het jouwe mag gebruiken. ’t Is een goed racket, hè? Ik dacht, ik zal het maar vragen. ’t Is zonde als het in de kast blijft staan en er komt voorlopig toch niks van tennissen bij jullie.’

Ik ging met haar mee de trap af en hield de buitendeur voor haar open. ‘Gaat het zo?’ vroeg ik.

‘O ja,’ zei ze. Ze bleef aarzelend op de mat staan. ‘Wil je even voor me uitkijken?’ vroeg ze. ‘Je moet tegenwoordig zo oppassen… als ze me zó bij jullie uit huis zien komen… je kunt nooit weten… je zou je onnodig wat op de hals halen.’

Ik schoot mijn mantel over mijn pyjama aan en keek links en rechts de straat af.

‘Ik zie niks,’ zei ik.

‘Nou, dag hoor,’ zei het meisje. Ze wipte snel het hekje uit en holde de tuin van het buurhuis in. Het tasje bungelde aan haar arm. De staart van het stenen katje stak eruit.

Thuiskomst

'Weet je wat ik ga doen?' zei ik op een middag tegen mijn broer. 'Ik ga naar Amsterdam.'

'Hoe kom je daar nu bij?' zei Lotte. 'Het lijkt me erg onverstandig.'

'Ik heb er genoeg van,' zei ik. 'Ik wil me wel weer eens aankleden.'

'Dat begrijp ik,' zei Dave. 'Je kunt misschien nog het best in Amsterdam zitten. Wij moeten er ook maar naartoe gaan.'

'Maar hoe wil je het doen?' vroeg Lotte.

'Ik doe de ster van mijn jas en stap in de trein. Heel eenvoudig.'

'Als er dan maar geen strenge controle is,' zei Dave.

'Ik zal er wel op letten,' zei ik. 'Ik ga in ieder geval.' Ik wilde mijn ouders bezoeken. Ze hadden geschreven dat ze het goed getroffen hadden. Ze woonden op kamers in de Sarphatistraat, in een groot huis met een tuin. 'We hebben al verschillende bekenden ontmoet,' schreef mijn vader. 'We wonen allemaal in dezelfde buurt.' Hoewel ik uit hun brieven opmaakte dat ze het er niet ongezellig hadden, begreep ik dat ze het prettiger zouden vinden als een van hun kinderen bij hen was. Vooral nu ze zich steeds meer zorgen maakten over Bettie, van wie ze niets meer gehoord hadden.

Zodra het donker werd, zou ik gaan. Ik was opgewonden als een kind dat voor het eerst op reis mag.

Niet omdat ik mijn ouders zo gauw terug zou zien, maar omdat ik even kon doen of alles normaal was. Op weg naar het station echter dacht ik bij elke straathoek dat er een agent stond te controleren. En in de schaars verlichte hal meende ik dat iedereen me onderzoekend aankeek. In de trein zat ik in een hoekje weggedoken naast een vrouw, die een kind op haar schoot in slaap wiegde. Een man tegenover me rookte een pijp en staarde naar buiten. Er was niets te zien. We reden door een donker landschap en ik vergat mijn angst. Ik begon het plezierig te vinden. Ik kon niet nalaten te neuriën op het eentonige ritme van de wielen. Ik herinnerde me hoe Bettie en ik, toen we nog klein waren, vaak onze vakantie in Amsterdam doorbrachten. Dan deden we in de trein wie de mooiste dingen op het ritme van de wielen kon verzinnen. 'Naar-ám-ster-dam-en-ró-tter-dam-met-bó-ter-ham-en-dikke-koek!' dreunden we soms kilometers achtereen.

Amsterdam was donker en nat. Er waren nog vrij veel mensen op straat. Als schimmen bewogen ze zich voort over het brede trottoir van het Damrak. Niemand keek naar me. Niemand volgde me. In de Sarphatistraat had ik moeite het huis te vinden. Onder de bomen was het bijna geheel duister. Ik ging de portiektrappen op en trachtte de huisnummers te onderscheiden. Eindelijk had ik het gevonden. Het was tamelijk achteraan. Met de belknop al in mijn hand bedacht ik dat ik niet zomaar bellen kon. Iedereen in huis zou ervan schrikken. Eerst stond ik een tijdje te fluiten, maar dat scheen niemand te horen. Er bleef niets anders over dan toch te bellen. Ik deed het voorzichtig en drie keer achter elkaar. Zodra ik iemand in de gang hoorde aankomen, riep ik door de brievenbus mijn naam.

'Ben jij het?' zei mijn vader verbaasd. Hij liet mij door een kier binnen.

'Ik kom eens kijken,' zei ik opgewekt.

'Kind,' zei mijn moeder, 'hoe heb je 't durven doen.'

'Er was niets aan,' zei ik.

De andere bewoners van het huis kwamen – nadat ze gehoord hadden dat er niets ernstigs aan de hand was – naar mij kijken.

'Heb je zomaar in de trein gezeten?' vroeg iemand.

'Heeft niemand naar je persoonsbewijs gevraagd?' vroeg een ander.

'Durfde je aan het loket een kaartje te kopen?'

Ze bekeken de plek op mijn mantel waar de ster gezeten had als een bezienswaardigheid.

'Er zitten nog gele draadjes in,' zei iemand.

'Je moet hem er nu maar weer op zetten,' zei mijn moeder.

'Was het druk in de trein?' vroeg mijn vader.

Ze vroegen me uit alsof ik een verre reis had gemaakt, alsof ik uit het buitenland kwam.

'Je zult wel honger hebben,' zei mijn moeder. Ze verliet de kamer en kwam terug met een paar boterhammen.

Hoewel ik helemaal geen honger had, begon ik om mijn moeder niet teleur te stellen toch maar aan een boterham.

Ze bleven allemaal om de tafel staan kijken, met gezichten waaruit zo'n blijde tevredenheid sprak dat ik – zij het met de grootste moeite – het hele bordje leegat.

In het souterrain

Het huis aan de Sarphatistraat had iets sombers. De kamers waren hoog; donker behangen, zwaar en degelijk gemeubileerd.

Een week nadat mijn ouders er ingetrokken waren, bleek de familie aan wie het huis behoorde plotseling verdwenen te zijn. Mijn ouders zaten die morgen aan de ontbijttafel vergeefs op hen te wachten. Eerst meenden ze dat ze zich verslapen hadden, maar toen er niemand kwam opdagen, moesten ze wel aannemen dat de familie het verstandiger gevonden had de onrustige stad te verlaten. Met het gezin dat eveneens sinds kort op de bovenetage verbleef, kwamen mijn ouders overeen dat zij de gehele benedenverdieping in gebruik zouden nemen. Tegen de tijd dat ik bij hen kwam had mijn moeder zich al helemaal aangepast en de kamers op haar eigen wijze ingericht, zodat ik in de sfeer iets terugvond van ons huis in Breda. Toch bleef het met zijn smalle gangen, donkere trappen en bruin geverfde deuren een typisch Amsterdams huis. Een steil draaitrapje leidde naar een souterrain vol meubelen, lampenkappen, rollen zijde en dozen vol kralen en galons.

Toen ik dat ontdekt had, bracht ik er uren door, snuffelend tussen de muf ruikende lappen, de met gouddraad bestikte bandjes en de koude geraamten van de lampenkappen. Als kind had ik vaak op zolder in een kist met carnavalskleren zitten rommelen. Ik paste ze allemaal aan en liep er hele middagen in rond. Zo omhing ik me in het souterrain met snoeren kralen en wandelde ik door de bedompte vertrekken.

Op een morgen kwam mijn vader het trapje af. Hij had zijn jas aan en droeg mijn mantel over zijn arm.

'Trek gauw aan,' zei hij. Mijn moeder kwam achter hem naar beneden. Ik gooide haastig de kralen van me af. Mijn vader deed het licht uit. In het halfduister gingen we bij het getraliede raam aan de straatkant zitten. Van daar uit konden we alleen de voeten van de voorbijgangers zien. De eerste ogenblikken passeerde er niemand. Maar na een paar minuten zagen we grote, zwarte laarzen verschijnen, die een hard, klikkend geluid maakten. Ze kwamen uit het huis rechts van ons en ze gingen schuin langs ons raam naar de stoeprand, waar een auto stond. We zagen ook gewone schoenen naast de laarzen lopen. Bruine mannenschoenen, een paar scheefgelopen pumps en sportschoenen. Twee paar zwarte laarzen stapten langzaam, alsof ze iets zwaars te tillen hadden, naar de auto.

'Er wonen veel mensen in het huis hiernaast,' fluisterde mijn vader. 'Het is een rusthuis en er zijn nogal wat zieken bij.'

Een paar beige kinderlaarsjes bleven voor ons venster staan. De neusjes stonden iets naar binnen en de veters van het ene laarsje waren donkerder dan van het andere.

'Dat is Liesje,' zei mijn moeder zacht. 'Ze groeit zo hard. Die laarsjes zijn al veel te klein voor haar.'

Het kind trok een voet omhoog en alsof het hinkelde sprong het ene laarsje voor ons raam heen en weer.

Tot er zwarte laarzen bij kwamen. We hoorden de

deur van het huis rechts dichtslaan. De laarzen bewogen niet. Ze waren goed gepoetst, hadden rechte hakken en ze bleven roerloos vlak voor ons staan. We keken door ons raam alsof het een winkelruit was waarachter iets bijzonders geëtaleerd stond. Mijn moeder hield haar hoofd wat opzij, omdat een stijl haar het gezicht benam. Mijn vader keek recht voor zich uit.

De laarzen zetten zich in beweging en wij keken toe hoe eerst de linker vooruit ging, dan de rechter, de linker, de rechter, van het raam vandaan, de linkerkant op.

In het huis links van ons hoorden we de bel overgaan. We bleven zitten tot we geen laarzen meer zagen. Daarna gingen we naar boven en hingen we onze jassen aan de kapstok.

Sabbat

Over het boek van mijn moeder, die met haar vinger de regels aanwees om mij het gebed te laten volgen, keek ik door het hek naar beneden waar ik mijn vader met zijn talles om zag staan. Ik moest denken aan de sjoel in Breda, die veel kleiner was en lang niet zo mooi. Maar daar stond mijn vader in een aparte, ruime bank. Het was net een koetsje zonder wielen. Hij moest eerst een rond deurtje openen en een paar treden af gaan om eruit te komen. Dat deurtje piepte, en als ik het hoorde keek ik naar beneden. Mijn vader begaf zich naar het middenschip. Ik volgde zijn glimmende hoge hoed en zijn wijde talles, die bij het lopen een beetje achter hem aan wapperde. Hij beklom de treden van het almemmor, waar uit de thora gelezen werd en waar hij opgeroepen was om mitswes uit te delen. Tussen de zangerig-gezegde Hebreeuwse teksten hoorde ik dan plotseling onze namen noemen. Ze klonken erg mooi in het Hebreeuws. En ze waren langer, omdat de naam van mijn vader erbij werd getrokken. Mijn moeder keek dan ook door het hekwerk naar beneden en glimlachte naar mijn vader. De vrouwen op de galerij knikten naar mijn moeder ten teken dat ze het gehoord hadden en wachtten of hun echtgenoten hun ook een mitswe zouden geven, zodat mijn moeder weer naar hén zou kunnen knikken. Het was een gewoonte van de Bredase kille.

Nu zag ik mijn vader wat achteraf in een bank tussen andere mannen zitten. Hij had een gewone hoed op en hij bleef tot aan het eind van de dienst op zijn plaats. Het was een lange dienst. Er werden speciale gebeden gezegd voor de joden in de kampen. Sommige vrouwen huilden. Voor mij zat een vrouw die achter haar boek gedoken herhaaldelijk haar neus snoot. Ze droeg een roodbruine bandeau, die onder haar hoed wat naar achteren was gezakt. Mijn moeder had haar tefille naast zich op de bank gelegd. Ze keek strak voor zich uit. Ik legde mijn hand op haar arm.

'Het is nu erg koud in Polen,' fluisterde ze.

'Ze heeft toch warme kleren mee kunnen nemen?' zei ik zacht. 'Ze had een rugzak klaarliggen.'

Mijn moeder knikte. De gazzan zette een ander gebed in en we gingen allemaal staan. Beneden had iemand een wetsrol uit de Heilige Arke genomen. De rol was bekleed met paars fluweel en er zat een zilveren kroon op waar belletjes aan hingen. De rol werd de kerk rondgedragen. De belletjes rinkelden. De mannen kusten bij het langsgaan van de wetsrol een tipje van het fluweel. Na enige tijd barstte het eindgezang los. Het is een vrolijke melodie en zij verraste me altijd opnieuw, omdat ze nogal uitbundig wordt ingezet. Al zingend vouwden de mannen hun gebedskleden op en trokken de vrouwen hun mantels aan. Ik zag dat mijn vader zijn talles zorgvuldig opborg in het daarvoor bestemde talleszakje.

Voor het gebouw wachtte men elkaar op. Men schudde handen en wenste elkaar 'goed sjabbes'. Mijn vader stond er al toen wij buiten kwamen. Ik herinnerde me hoe erg ik het als kind vond om na sjoel met iedereen mee naar huis te moeten lopen. Ik was altijd bang kinderen van mijn school tegen te komen.

De meeste mensen verspreidden zich snel over het plein. Sommigen gingen in de richting van de Weesperstraat, anderen naar het Waterlooplein. Een kennis van mijn vader vroeg of we een eind met hem op wilden lopen door de Nieuwe Amstelstraat.

'Ik heb mijn vrouw en kinderen naar buiten gestuurd,' zei hij. 'Voorlopig zitten ze daar beter dan hier.'

'Waarom bent u niet met ze meegegaan?' vroeg mijn moeder.

'Och,' zei hij, 'voor mij is dat niets. Ik red me wel.'

'Bent u nu alleen thuis?' vroeg mijn moeder.

'Nee,' zei hij, 'ik ben nu bij mijn zuster. Zij doet voorlopig ook nog niets.'

'Wat zou je eigenlijk kunnen doen?' zei mijn vader.

'Nou ja,' zei de kennis, 'je kunt de deur achter je dichttrekken en verdwijnen. Maar waar moet je van leven?'

'Precies,' zei mijn vader, 'je moet leven. Je moet ergens van leven.'

We stonden op de hoek bij de Amstel. Een ijskoude wind blies ons in het gezicht. De kennis van mijn vader gaf ons een hand. 'Ik moet die kant uit naar mijn zuster,' zei hij. Hij stak de brug over naar de Amstelstraat. Een kleine, gebogen figuur, diep in de kraag van zijn zwarte jas gedoken en met zijn hand aan zijn hoed. Wij liepen de Amstel langs, de brug over bij de Nieuwe Herengracht, onder het gele bord door. Het bord met de zwarte letters JUDENVIERTEL. Een paar kinderen met wollen dassen om hingen over de leuning en gooiden stukjes brood voor de meeuwen, die ze, laag over het water scherend, behendig opvingen.

Aan de overkant reed een overvalwagen. Een vrouw schoof een raam omhoog en riep iets. De kinderen lieten de rest van het brood op de grond vallen en renden naar binnen.

'Laten we de kortste weg naar huis nemen,' zei mijn moeder. We gingen de gracht op.

'We zijn zó thuis,' zei mijn vader.

'Je hoort dat steeds meer mensen gaan onderduiken,' zei ik.

'Ja,' zei mijn vader, 'we zullen voor jou ook maar iets zien te vinden.'

'Nee,' zei ik, 'ik ga niet alleen.'

'Als we nog in Breda woonden,' zei mijn moeder, 'zou het gemakkelijker gaan. Daar hadden we zo een adres. Hier kennen we niemand.'

'We hadden daar misschien gewoon bij de buren kunnen gaan zitten,' zei ik.

'Och, overal,' zei mijn moeder. 'We hadden overal vrienden.'

'Hier kost het veel geld,' zei mijn vader. 'Waar haal ik dat vandaan?'

'Kenden we maar meer mensen,' zei mijn moeder.

'Laten we afwachten,' zei mijn vader, 'misschien zal het niet nodig zijn. En als het niet nodig is, dan zit je daar bij vreemden en bezorg je ze maar last.'

We waren weer thuis. Mijn vader stak de sleutel in het slot. Ik keek onwillekeurig de straat af voor ik naar binnen ging. In de kamer brandde de haard en de tafel stond gedekt. Dat had mijn moeder gedaan voor we weggingen. Mijn vader ging zijn handen wassen. Daarna kwam hij bij ons aan tafel staan, nam het geborduurde kleedje van het sabbatbrood, brak het kapje eraf en verdeelde het, onder het uitspreken van een gebed, in drie stukjes, die hij in zout doopte. Ik mompelde mijn brooche en at het zoute korstje.

'Zo is het goed,' zei mijn vader, en hij ging zitten.

Het meisje

Op een vrijdag in de namiddag zou ik voor mijn moeder wat boodschappen doen. 'Ga maar naar de Weesperstraat,' zei mijn moeder, 'daar heb je alles bij de hand.'

Tante Kaatje zou komen eten. Mijn vader moest haar uit het bejaardentehuis gaan halen, want ze kon niet meer alleen over straat. Ze was in de tachtig en de tweelingzuster van mijn grootmoeder, die al enige jaren voor de oorlog gestorven was. Ze vond het erg prettig als mijn vader haar kwam halen om bij ons te eten. Dan kon ze weer eens over vroeger praten, over de tijd dat haar man nog leefde. Ze had rond de eeuwwisseling vele reizen naar het buitenland gemaakt en daar wist ze zich nog alles van te herinneren. Na de dood van haar man was ze in het tehuis gaan wonen, want kinderen had ze niet. Het ergste vond ze dat ze nooit meer op reis kon.

'Best mogelijk dat ik nog eens een reisje ga maken,' zei ze op een keer toen ze bij ons was, 'als eerst de oorlog maar afgelopen is.'

'Tante Kaatje houdt zo van boterkoek,' zei mijn moeder, 'vergeet niet die mee te brengen.'

Ik beloofde dat ik aan alles zou denken. Terwijl ik mijn mantel aantrok kwam mijn moeder nog even de gang in.

'Kom gauw terug,' zei ze, 'het is vroeg donker.'

Het klonk als in de tijd toen ik voor het eten nog

wat buiten mocht spelen; alleen de reden waarom mijn moeder het zei was veranderd.

Nauwelijks had ik de deur achter me dichtgetrokken of er kwam een dikke man op me af. Het was net of hij op me had staan wachten en wist dat ik op dat ogenblik naar buiten zou komen. Hij ging vlak voor me staan zodat ik niet door kon lopen.

'Hoe heet je?' vroeg hij.

Ik noemde mijn naam. Hij had een onderkin en waterige ogen met zware zakken eronder. Zijn wangen waren rooddooraderd.

'Ach,' zei hij, 'moet ik dat geloven?'

'Zo heet ik,' zei ik.

'Praatjes hebben jullie allemaal,' zei hij, 'waar ga je heen?'

'Een boodschap doen,' zei ik. Ik wilde doorlopen.

'Hola,' zei hij, 'staan blijven.'

Ik keek even opzij naar de mensen die langskwamen, maar niemand lette op ons.

Het was of we gewoon stonden te praten.

'Hoe heet je?' vroeg hij opnieuw.

Ik noemde weer mijn naam. Hij trok zijn bovenlip op. Hij had bruine tanden, de voorste stonden scheef van elkaar.

'Hoe oud?' vroeg hij.

Ik zei hem hoe oud ik was.

'Dat klopt,' zei hij. Hij stak zijn hand uit. 'Je persoonsbewijs.'

Het verwonderde mij dat hij dat nu pas vroeg. Ik haalde mijn persoonsbewijs uit mijn tas. Hij griste het uit mijn vingers en bekeek het nauwkeurig.

'Hmm,' zei hij, 'ik moet iemand anders hebben.'

Hij noemde een naam die ik nog nooit gehoord had. ‘Ken je die? Ze moet hier ergens zitten.’

‘Nee,’ zei ik, ‘die ken ik niet.’

‘Weet je ’t zeker?’ drong hij aan. Hij kwam nog een beetje dichter bij me staan. Op de revers van zijn jas zaten grijze asvlekken. Zijn das zat scheef.

‘Ik ken haar niet,’ zei ik nogmaals. Ik ging een stap naar achteren.

‘Zo,’ bromde hij. Hij gaf me het persoonsbewijs terug. ‘Ga maar.’

Ik liep door. Bij het Weesperplein waagde ik het pas om te kijken. In de verte zag ik hem nog staan. Ik vroeg me af wie het meisje was. Misschien had ik haar wel eens gezien, hadden we langs elkaar heen gelopen in de Sarphatistraat.

In de Weesperstraat was het druk. In de kleine winkels stonden de vrouwen met hun boodschappentassen om voor de sabbat alles in huis te halen. Winkelmeisjes en bazen met witte jasschorten aan, de gele ster op het borstzakje met het potlood, bewogen zich bedrijvig achter de toonbanken. Er werd gelachen om de kwinkslag van een dikke vrouw met een volle tas. Twee kleine jongens bekeken aandachtig de etalage van een snoepwinkel. Ze hadden donkerblauwe jekkers aan en de ster was er laag op gezet. Het leek net of ze molentjes in hun zakken hadden, die ieder ogenblik in de wind konden gaan draaien. Ik had spoedig mijn boodschappen gedaan en haastte me weer naar huis. Ik liep nu langs de Achtergracht, waar het stiller was. In het ziekenhuis op de hoek ging juist een oud vrouwtje naar binnen. Ze werd ondersteund door twee mannen en ze hield een witte zakdoek voor haar mond.

Tante Kaatje zou er nu al zijn. Ze zou het plezierig vinden als ze hoorde dat ik boterkoek in de Weesperstraat had gehaald. 'Nergens op de hele wereld kun je zulke koek krijgen,' zei ze altijd. En wij geloofden het, want zij kon het weten.

Toen ik bij de Roetersstraat de hoek omsloeg zag ik dat de dikke man weg was. Ik wilde aan mijn moeder vragen of zij het meisje kende, maar ze kwam me met een bezorgd gezicht in de gang tegemoet.

'Tante Kaatje is weg,' zei ze. 'Het hele tehuis is leeggehaald.'

'Al die oude mensen?' vroeg ik.

Mijn moeder knikte. Ik gaf haar mijn tas met boodschappen. Ze zou zo graag nog eens op reis, dacht ik, terwijl ik naar binnen ging. Mijn vader vertelde wat hij gehoord had van de mensen uit de buurt van het tehuis.

Pas uren later dacht ik weer aan het meisje dat net zo oud was als ik en dat ik niet kende.

De Lepelstraat

Terwijl ik de Lepelstraat in liep zag ik aan het eind van de straat een overvalwagen aankomen. Mannen met helmen op en groene uniformen aan zaten stram achter elkaar op de banken. De wagen stopte en de mannen sprongen eruit. Ik draaide me om en wilde teruglopen, maar eenzelfde wagen was al achter mij de straat in komen rijden. Ook hierin zaten de mannen onbeweeglijk en kaarsrecht, het geweer bij de voet, als tinnen soldaten in een speelgoedauto. Ze sprongen er gelijktijdig aan weerskanten uit, liepen naar de huizen en duwden de deuren open. De meeste stonden al op een kier, zodat ze zonder moeite naar binnen konden. Een van hen kwam naar mij toe. Hij zei dat ik moest instappen. Er zat niemand in de auto.

'Ik woon hier niet,' zei ik.

'Toch instappen,' zei de man in het groene uniform.

Ik bleef staan. 'Nee,' zei ik nog eens duidelijk, 'ik woon niet in de Lepelstraat. Vraag aan uw commandant of u mensen die in een andere straat wonen ook mee moet nemen.'

Hij keerde zich om en liep naar de officier die enige meters van de auto verwijderd het werk van zijn ondergeschikten gadesloeg. Zij praatten even, waarbij de soldaat een paar keer naar mij wees. Ik was op dezelfde plek blijven staan en zag uit een deur vlak bij mij een jongetje komen. Hij had een rugzak in zijn ene en een boterham met stroop in zijn andere hand. Over zijn kin liep een bruine veeg. Uit een deurgat hoorde ik zware stappen op de trap. De soldaat kwam terug en vroeg mijn persoonsbewijs. Hij ging ermee naar de officier, die het bekeek en het weer aan de soldaat gaf. Hij mompelde iets, zijn lippen bewogen even. Met het persoonsbewijs in de hand die ook het geweer omklemde, kwam de soldaat opnieuw naar mij toe. Hij liep langzamer dan de eerste keer. Hij trapte op een stuk papier dat over de stoep waaide. Zijn helm zat vlak boven zijn ogen; het was net of zijn voorhoofd van groen staal was. Het jongetje in de deuropening had zijn boterham opgegeten en bond de rugzak op zijn rug.

De soldaat overhandigde mij het persoonsbewijs en zei me dat ik gaan kon. Ik liep langs de auto. Er zaten nu een paar vrouwen op de banken. Een oude vrouw klom er onhandig in. Ze had een bruine deken bij zich. Een man achter haar duwde haar omhoog. Ergens werd hard op een deur gebonsd. Een raam werd dichtgesmeten.

In de Roetersstraat begon ik hard te lopen. Ik bleef hollen tot ik thuis was.

'Wat ben je vlug terug!' zei mijn moeder. 'Ben je niet bij de slager geweest?'

'Nee,' zei ik, 'het ging niet.'

'Was hij dicht?' vroeg mijn moeder.

'Nee,' zei ik, 'de Lepelstraat was afgezet.'

De volgende morgen liep ik weer door de Lepelstraat. Zij lag bezaaid met papier. Overal stonden deuren wijdopen. In een donker portaal zat een grijze poes op de trap. Toen ik bleef staan, rende het dier naar boven en gluurde naar mij met een hoge rug. Op een van de treden lag een kinderhandschoen. Een paar huizen verder hing een deur uit haar voegen. Het paneel was versplinterd en de brievenbus hing scheef aan een spijker. Er stak wat papier uit. Ik kon niet goed zien of het drukwerken of brieven waren. Uit verschillende ramen wapperden de gordijnen naar buiten. Ergens lag een bloempot omver op het randje van een kozijn. Achter een ander raam zag ik een tafel die gedekt stond. Een stuk brood op een bordje. Een mes dat in de boter stak. De winkel van de slager, waar ik de dag tevoren vlees had moeten halen, was leeg. Er was een plank voor de deur getimmerd, zodat niemand naar binnen kon. Iemand moest dat al vroeg gedaan hebben. Van buiten af zag de slagerij er netjes uit. Alsof de slager de winkel eerst nog helemaal had schoongemaakt. Het luik voor het halletje van de zuurman was neer. Er hing nog de azijnige lucht van de tonnetjes met augurken. Onder het luik door liep een nat spoor over de stoep naar de goot. Het moest van de vaten zijn die omgevallen waren. Plotseling begon het te waaien. De papieren dwarrelden over het asfalt, sloegen tegen de huizen aan. Vlak bij mij viel een deur dicht. Er was niemand naar buiten gekomen. Een raam klepperde. Het werd niet dichtgedaan. Een vensterluik sloeg. En het was nog geen avond.

Voor ik de hoek omging zag ik iets op een deurpost. Het rode oog op het emaille plaatje van de nachtveiligheidsdienst.

De deur stond open.

De mannen

Op de avond dat de mannen kwamen liep ik het tuinpoortje uit. Het was een zachte voorjaarsdag geweest. We hadden 's middags in ligstoelen in de tuin gelegen en 's avonds merkte ik dat mijn gezicht al wat verbrand was.

Mijn moeder was de hele week ziek geweest en die middag lag ze, weer wat opgeknapt, in de zon.

'Morgen begin ik aan een zomertrui voor je,' beloofde ze mij. Mijn vader lag zwijgend een sigaar te roken en liet het boek op zijn schoot dichtgeslagen. In de schuur had ik een racket en een tennisbal gevonden, waarmee ik wat ging oefenen tegen het muurtje. De bal vloog er geregeld overheen en dan moest ik het tuinpoortje openen om hem in de straat op te sporen. Ook kwam hij wel eens achter de schutting terecht. Tussen onze tuin en die van de buren was een smalle geul, met aan weerszijden een schutting. Je kon er net in staan zonder gezien te worden. Terwijl ik naar mijn bal zocht, kwam mijn vader kijken.

'Dat zou een mooie schuilplaats zijn,' zei hij.

Hij klom over de schutting en we hurkten achter een boom, die noch van ons, noch van de buren was. Onze voeten zakten weg in de zachte grond en het rook er naar rotte bladeren. Terwijl we daar in het halve duister verborgen zaten, floot mijn vader even.

'Hallo,' riep hij daarna.

‘Waar zitten jullie,’ vroeg mijn moeder. Ze scheen gedut te hebben.

‘Kun je ons zien?’ riep mijn vader.

‘Nee,’ riep mijn moeder, ‘waar zitten jullie dan?’

‘Hier,’ zei mijn vader, ‘achter de schutting, kijk maar eens goed.’

We gluurden door een spleet en zagen mijn moeder dichterbij komen.

‘Ik zie jullie nog steeds niet,’ zei ze.

‘Mooi,’ riep mijn vader. Hij rekte zich uit en sprong behendig over de schutting. ‘Blijf jij nog even zitten,’ zei hij tegen mij. Hij beduidde nu mijn moeder dat ze ook moest proberen eroverheen te klimmen.

‘Waarom nou?’ vroeg ze.

‘Probeer het maar eens,’ zei hij.

Mijn moeder moest het een paar keer overdoen voor mijn vader vond dat ze het vlot deed. Hij klom er nu zelf ook weer overheen en met zijn drieën hurkten we in de geul.

‘Geen mens die ons hier zoekt,’ zei hij. ‘Laten wij nog even blijven zitten, om te zien of we het lang in deze houding uit kunnen houden.’

Maar ik ontdekte tussen de bladeren mijn bal. ‘Ik ga backhand oefenen,’ riep ik en ik sprong de tuin in.

Mijn vader en moeder bleven zitten.

‘Zie je ons?’ riep mijn vader.

‘Nee,’ riep ik, ‘ik zie niets.’ Daarop kwamen ze weer te voorschijn. Mijn moeder klopte haar kleren af.

‘Ik ben helemaal vies geworden,’ zei ze.

‘Morgen zal ik er een kuil graven en de bladeren wat wegharken, zodat we beter kunnen zitten,’ zei mijn vader.

Die avond na het eten stond ik voor het raam en keek naar buiten. Er liep geen mens op straat. Het was zo stil dat je de vogels kon horen fluiten.

'Ga maar bij het raam weg,' zei mijn moeder.

'Er is niets te zien,' zei ik. Toch keerde ik me om en ging zitten. Mijn moeder schonk thee. Zacht bewoog ze zich tussen de theetafel en ons.

'Misschien was het toch beter als we geen thee dronken,' zei mijn vader. 'Wanneer ze mochten komen, kunnen we vlug naar de tuin gaan.'

'Het is zo ongezellig zonder thee,' vond mijn moeder.

Langzaam werd het donker. Terwijl mijn vader de gordijnen dichtschoof, dreunden de eerste vrachtwagens voorbij. Hij bleef met het gordijn in zijn hand staan en keek ons aan.

'Daar gaan ze,' zei hij.

'Ze rijden voorbij,' zei mijn moeder. We luisterden naar de geluiden die van buiten kwamen. Het motorgeronk verwijderde zich. Enige tijd bleef het stil. Daarna hoorden we opnieuw auto's door de straat gaan. Het duurde nu langer voor het weer rustig werd. Maar toen viel er een stilte die we nauwelijks durfden verbreken. Ik zag mijn moeder naar haar halfgevuld theekopje kijken en wist dat ze het leeg wilde drinken. Maar ze bewoog zich niet.

Na enige tijd zei mijn vader: 'We wachten nog tien minuten, dan steken we het grote licht aan.' Maar voor die tien minuten om waren, ging de bel. Het was even voor negenen. We bleven zitten en keken elkaar verbaasd aan. Alsof we ons afvroegen: Wie zou daar zijn? Alsof we het niet wisten! Alsof we dachten: Het kan net zo goed een kennis wezen die op visite komt! Het was immers nog vroeg in de avond en de thee stond klaar.

Ze moeten een loper gehad hebben.

Ze stonden in de kamer voor we ons hadden kunnen verroeren. Het waren grote mannen en ze hadden lichte regenjassen aan.

'Haal onze jassen even,' zei mijn vader tegen mij.

Mijn moeder dronk haar kopje thee uit.

Met mijn mantel aan bleef ik in de gang staan. Ik hoorde mijn vader iets zeggen. Een van de mannen zei iets terug. Ik kon niet verstaan wat het was. Ik luisterde met mijn oor tegen de kamerdeur. Weer hoorde ik mijn vaders stem en weer verstond ik het niet. Toen draaide ik me om, liep de keuken door, de tuin in. Het was donker. Mijn voet stootte tegen iets ronds. Het moest een bal zijn.

Zacht trok ik het tuinpoortje achter me dicht en rende de straat uit. Ik bleef rennen tot ik op het Frederiksplein kwam. Er was niemand te zien. Alleen een hond liep snuffelend langs de huizenkant. Ik stak het plein over. Het was alsof ik alleen was in een verlaten stad.

Het bittere kruid

De eerste dagen verweet ik mezelf dat ik mijn ouders in de steek had gelaten. Ik vond dat het beter geweest zou zijn als ik bij hen was gebleven. Zonder erbij te denken was ik het tuinpoortje uit gerend, en pas toen ik op de Weteringschans voor het huis stond waar mijn broer sinds enkele dagen ondergedoken zat, dacht ik eraan terug te keren. Maar de toren sloeg op dat moment het uur waarop geen mens meer buiten mocht zijn en ik belde aan.

'Je hebt er goed aan gedaan,' zei Dave, 'je had niet anders kunnen doen.'

'Maar ze zullen zich afvragen waar ik gebleven ben,' zei ik. 'Ze zullen zich ongerust maken.'

'Ze begrijpen het wel,' zei Dave, 'en ze zijn blij dat je ertussenuit bent gegaan.'

'Als ik bij de Hollandse Schouwburg ga staan wachten tot ze eruit komen, zullen ze me misschien zien,' stelde ik voor. Maar Dave verbood het me. Hij vond het veel te riskant.

Van buren uit de Sarphatistraat hoorden we dat sinds mijn vlucht de hele dag iemand het huis in de gaten hield. Nu ze mijn persoonsbewijs hadden, hadden ze ook mijn signalement, en omdat al mijn kleren er nog hingen, meenden ze dat ik die wel zou komen halen. Voor ik me weer op straat begaf, onderging ik een metamorfose. Lotte bleekte mijn haar. Ik zat voor de spiegel met een laken om me heen, terwijl zij met een tandenborstel een mengsel van waterstofperoxide en ammonia door mijn haar borstelde. Het beet in mijn hoofdhuid en het sloeg op mijn ogen, zodat ik voortdurend zat te knipperen als een kind dat zijn tranen in wil houden. Ik probeerde in de spiegel het proces van het verkleuren van mijn haar te volgen. Maar ik zag alleen het witte schuim van de peroxide dat prikte en siste. Na het wassen en drogen was ik rood. Maar Lotte verzekerde mij dat ik na een paar keer bleken blond zou worden. Ik epileerde mijn wenkbrauwen, tot er nauwelijks zichtbare dunne streepjes over waren. Er was niets donkers meer in mijn uiterlijk. Daar ik blauwe ogen heb, paste het gebleekte haar beter bij mij dan bij Lotte. Ze had donkerbruine, bijna zwarte ogen, met lange blauwzwarte wimpers. Het blonde haar gaf haar iets onnatuurlijks.

Eerst dachten wij dat ons nu niets meer kon gebeuren. We hadden andere persoonsbewijzen en het was net of we 'gewone' mensen waren. Maar op straat voelden we ons niet altijd even veilig. Als we een agent zagen, verwachtten we dat hij recht op ons af zou komen, en het leek of elke voorbijganger ons nakeek en wist wat we waren. Mevrouw K. zag het ten slotte ook. Zij was de vrouw bij wie mijn broer een kamer had gehuurd op zijn valse naam.

'Houden jullie zo van gebleekt haar?' vroeg ze toen ze mij van de ene op de andere dag veranderd zag.

'We vinden het enig,' zei ik, 'en we hebben er zo'n goed middel voor. Het is helemaal niet schadelijk.'

Ze zou er misschien verder geen aandacht aan besteed hebben wanneer Dave er niet óók mee begonnen was. Hij goot de hele fles over zijn hoofd leeg.

Het was niet erg verstandig, want voor een man is het ondoenlijk het bij te houden, en na een paar weken zou hij er opvallend vreemd uit gaan zien.

'U ook al?' merkte mevrouw K. met geveinsde vriendelijkheid op.

'Mijn man heeft per ongeluk mijn peroxide in plaats van zijn lotion over zijn haar gegoten,' verklaarde de Lotte.

Mevrouw K. lachte hartelijk. 'Ik dacht al,' zei ze.

's Avonds vroeg ze ons in haar kamer thee te komen drinken. Ze had visite en het zou zo gezellig zijn als wij er ook bij waren. Later bleek dat haar bezoek, een pafferige man met slimme oogjes, zijn oordeel over ons had moeten geven en haar vermoedens had moeten bevestigen.

'Het lijkt mij beter dat u morgenochtend vroeg vertrekt,' zei ze toen wij weer op onze kamer waren. Ze stak haar hoofd om de deur. In de gang trok de man zijn jas aan en ging fluitend de trap af.

'Ik weet een adres in Utrecht,' zei Davc, 'daar kunnen we zeker terecht.'

'Het is te hopen,' zei Lotte, 'want waar moeten we anders naartoe?'

'Er staan nog deuren genoeg voor ons open,' meende Dave.

Aan die deuren moest ik denken toen ik die nacht in bed lag en niet slapen kon. Ik dacht aan de deur die ik op Seideravond altijd open mocht zetten, opdat de vermoeide vreemdeling kon zien dat hij welkom was en mee aan mocht zitten aan onze tafel. Ieder jaar hoopte ik dat er iemand binnen zou komen, maar het gebeurde nooit. En ik dacht aan de vragen die ik als jongste moest stellen. 'Manisjtanno, halajlo, hazee. Waarom is deze nacht anders dan alle andere nachten en waarom eten wij ongezuurd brood en bittere kruiden...?'

Dan verhaalde mijn vader op zangerige toon van de uittocht uit Egypte en wij aten van het ongezuurde brood en het bittere kruid, opdat wij het nog zouden proeven – tot in lengte van dagen.

Uit elkaar

In een tweedeklascoupé van de trein naar Utrecht zouden we op elkaar wachten. We waren wel met zijn drieën naar het station gegaan, maar we namen kaartjes aan verschillende loketten en passeerden ieder afzonderlijk de controle.

Tevoren hadden we over het Damrak geslenterd en Lotte had voorgesteld nog eens een keer naar de bioscoop te gaan. Het was heel lang geleden dat we een film hadden gezien. In de donkere zaal voelden we ons weer even op ons gemak. Hier werd niet gecontroleerd. Hier waren uiterlijke verschillen nauwelijks te merken. Er zat een grote man voor me, wiens rug me belette het hele scherm te zien, maar het hinderde niet. Ik merkte dat de anderen ook weinig aandacht voor de film hadden. Het was natuurlijk een Duitse film, maar het verhaaltje ontging ons alledrie.

Toen we eruit kwamen was het tijd voor de trein. Vlak bij het station zei Dave: 'Het lijkt me beter dat we nu uit elkaar gaan. We zullen in de tweede klas op elkaar wachten.'

'Is dat niet erg omslachtig?' vroeg ik. 'Het is toch gemakkelijker om drie kaartjes tegelijk te kopen?'

'Nee,' zei Dave, 'het is beter zo.'

'Maar,' hield ik aan, 'zullen we tóch niet liever samen de hal in gaan? Als er iets gebeurt zijn we tenminste bij elkaar.'

'Er zal niets gebeuren,' zei mijn broer. Hij verwijderde zich van ons en ging de stationshal binnen. We deden zoals hij gezegd had. Ik koos een loket uit waar de anderen niet stonden, ik passeerde de controle en zocht de trein naar Utrecht op.

We hadden nog zeven minuten. Er was geen plaats meer bij het raam aan de kant van het perron. Ik kon de anderen dus niet zien aankomen. Ik had gedacht dat ze wel gauw na mij zouden instappen. Ik had nergens een speciale controle gezien. Maar ze kwamen niet.

'Dit is toch de trein naar Utrecht?' vroeg ik aan een vrouw tegenover mij. Misschien had ik niet goed gekeken en was ik in de verkeerde trein gestapt. Maar de vrouw bevestigde dat het de trein naar Utrecht was.

'Utrecht is een aardige stad,' voegde ze er nog aan toe, 'vindt u ook niet?'

Ik knikte.

'Het haalt het natuurlijk niet bij Amsterdam,' vervolgde ze, 'maar toch mag ik er graag zijn. Het heeft iets intiems, iets wat ik in Amsterdam wel eens mis.'

'Ja,' zei ik, 'zeker.' Ik zag nog enkele reizigers instappen. Mijn broer en zijn vrouw waren er niet bij.

'En dan,' zei de vrouw tegenover mij, 'mijn hele familie woont er, dat scheelt natuurlijk. Hebt u ook familie in Utrecht?'

'Nee,' zei ik.

'O, dan hebt u er zeker kennissen wonen,' zei ze. 'Die heb ik er ook, hele goeie kennissen, ze hebben vroeger in Amsterdam gewoond.'

Eén minuut voor het vertrek kwam mijn broer de coupé binnen. Hij ging niet zitten en keek me niet aan. Hij zette zijn tas naast me neer en voordat ik iets vragen kon stapte hij weer uit. De trein zette zich onmiddellijk daarop in beweging, alsof hij het geweest was die het vertreksein had gegeven.

'Is dat uw tas?' vroeg de vrouw.

'Ja,' zei ik, 'ik had hem vergeten.'

'Aardig van die meneer om hem u nog na te komen brengen,' zei ze.

We waren de huizen van Oost voorbij en de trein reed nu op volle snelheid de stad uit.

'Och,' zei de vrouw, 'het is maar een kippeneindje. Je bent er eigenlijk zo.'

Maar ik vond dat het lang duurde. Ik had de tas op mijn schoot genomen en staarde naar buiten. Toen we Utrecht naderden stond ik op en ging de corridor in.

'Veel plezier vandaag in Utrecht!' riep de vrouw mij na. Het bleef hangen in mijn hoofd toen ik het stationsplein overstak. Ik hoorde het nog terwijl ik de hoek omsloeg en in een brede winkelstraat langs een cafetaria liep waaruit een vettige baklucht naar buiten walmde. Voor de etalage van een schoenenwinkel bleef ik staan; ik voelde me zo misselijk dat ik bang was te moeten overgeven. 'Diep ademhalen, dan blijft het er lekker in,' zei de zuster in het ziekenhuis altijd tegen me, wanneer ik tijdens mijn kuur dergelijke neigingen vertoonde. Ik haalde een paar keer diep adem en dat hielp.

Even later stond ik in de portiek van het huis waar ik zijn moest. Het was boven een kruidenier, had Dave 's morgens gezegd. Zodra ik gebeld had ging de deur open. Ik liep naar boven. Het was een steile trap en er lag een donkerrode loper op. Op het eerste portaal brandde een spaarlampje. Op de volgende trap lag hier en daar een roe los. Het was een nog langere en steilere trap dan de eerste. Bovenaan zag ik een man en een vrouw staan. Ze keken me aan en zeiden niets.

'Ik ben...' begon ik.

'We weten het,' zei de man. 'Uw broer heeft van het station uit opgebeld en gezegd dat u alleen zou komen.'

'Zei hij nog meer?' vroeg ik.

'Ja,' zei de man. 'Bij de controle is zijn vrouw aangehouden. Hij zou zich bij haar voegen zodra hij getelefoneerd had.'

Ik volgde hen naar binnen. In de kamer wezen ze mij een diepe stoel.

'Het spijt me erg,' zei de man, 'ik heb hier geen plaats. Maar ik weet wel een goed adres voor u.'

De vrouw zette een kop thee voor me neer. Ik had de tas nog steeds in mijn hand. Ik legde hem op mijn knieën en dronk.

Het kruispunt

Diezelfde avond ging ik weer naar Amsterdam.

'Je kunt vannacht nog wel hier blijven,' zeiden ze in Utrecht; maar dat wilde ik niet. Ik wilde meteen terug. Ze drongen erop aan dat ik dan tenminste nog iets zou eten of in ieder geval wat uitrusten. Ik was niet moe en ik had geen honger. Ik belde een kennis in Amsterdam op.

'Kom maar hierheen,' zei Wout. Ik had hem enige weken tevoren bij een joodse familie ontmoet. Mijn ouders waren toen al weg. 'Als je in moeilijkheden zit, bel me dan op,' zei hij. Ik had niet meer aan hem gedacht.

Met de tas van mijn broer stapte ik een paar uur later in de trein. Ik lette niet op of er controle was, ik keek niet naar politie, of soldaten, ik zocht geen speciale coupé uit. Er was een heleboel angst van me af gevallen. Wanneer ik nu ook gepakt werd, zou ik tenminste niet meer dat gevoel hebben alleen achtergelaten te zijn.

Wout stond me aan het Amstelstation op te wachten. 'Ik heb met oom Hannes afgesproken,' zei hij. 'Hij komt je morgenochtend halen.'

Ik vroeg niet wie oom Hannes was. Het klonk alsof hij het over een oom van mij had en ik liet het zo.

'Heb je niets anders dan die tas?' vroeg Wout.

'Ik heb nog een koffer met wat kleren,' zei ik, 'die staat nog aan de Weteringschans.'

Wout beloofde dat hij hem voor me zou ophalen.

De volgende morgen ontmoette ik oom Hannes bij de bushalte op het Surinameplein. Hij was een oude man met een rood verweerd gezicht vol kleine groefjes. Ik had de koffer met kleren bij me. De tas had ik bij Wout achtergelaten. Ik wist niet waar we naartoe gingen en ik vroeg niets. Ik zag dat we de stad uit reden en dat we ten slotte op een landweg kwamen tussen weilanden.

Bij een kruispunt wenkte oom Hannes mij en wij stapten uit. De bus reed snel door. Van achter een boom haalde de oude man een fiets te voorschijn. Hij bond mijn koffer op de bagagedrager. 'Loop deze weg maar af,' zei hij, 'tot aan de vijfde boerderij.' Hij knikte naar me en stapte op. Ik stond op het kruispunt en zag oom Hannes wegfietsen; de koffer slingerde heen en weer. In de verte hing een stofwolk die de bus onzichtbaar maakte. Het moest ongeveer twaalf uur zijn, want de zon stond hoog aan de hemel. Boven de weilanden trilde de lucht. Ik liep in het spoor van oom Hannes zijn fiets en voelde de zon branden op mijn hoofd en rug. Ik was blij dat de oude man mijn koffer had meegenomen, want het bleek een lange wandeling naar de vijfde boerderij. Toen ik er aankwam zag ik op het erf een oude boerin staan.

'Kom binnen,' zei ze.

In een laag, donker vertrek zaten een heleboel mensen om een lange tafel. Oom Hannes zat aan het hoofd. Iemand schoof een stoel voor mij bij en zette een beker melk voor mij neer. De melk was koel. Midden op de tafel stond een grote schaal belegde boterhammen. Iedereen nam ervan. Een vrouw naast mij legde er een paar op mijn bord.

'Je moet eten, kind,' zei ze glimlachend. Ze had donker haar dat ze in een zware knot in haar nek droeg. Haar handen waren lang en slank; mooie handen met dunne vingers en spitse nagels. De handen van een vrouw die op vrijdagavond het wit damasten kleed over de tafel spreidt, die de zilveren kiddisjbeker klaarzet naast de fles wijn, en het brood bedekt met het geborduurde kleedje. Ik dacht aan mijn moeder, hoe zij de vrijdagavondtafel dekte en hoe wij in de lichte vertrouwde kamer op mijn vader wachtten tot hij uit de synagoge kwam. Dan luidden wij de sabbat in met een slok wijn en een stuk van het brood.

'Eet toch iets,' zei de vrouw naast mij. Ik nam een boterham en keek de tafel langs. Er zaten vrouwen met bonte schorten voor en mannen die overalls droegen. Ze hadden niets boers.

Een kleine jongen tegenover mij keek mij met zijn donkerbruine ogen nieuwsgierig aan terwijl hij met bolle wangen zijn boterham kauwde. De vrouw naast mij schonk mijn beker weer vol.

'Mijn dochter is van jouw leeftijd,' zei ze. Ze glimlachte.

'Ja?' zei ik. 'Het was erg warm op de weg.'

'Hier is het koel,' zei ze. 'Ik weet niet waar ze is.'

'Wie?' vroeg ik.

'Mijn dochter,' zei ze.

'O ja,' zei ik. En daarna: 'Ik moest een heel eind lopen.'

''t Is hier erg afgelegen,' zei de vrouw. 'Ze had hier ook moeten zijn; het had best gekund.'

'Ja,' zei ik, 'van het kruispunt af is het een heel eind.'

'Blijf je hier?' vroeg ze.

'Ik weet het niet,' zei ik.

Na het eten vouwde oom Hannes zijn handen en bad. De anderen bogen het hoofd, stonden na het gebed op en verlieten de kamer. Ik bleef alleen aan tafel zitten.

'Je hebt gezien hoeveel onderduikers ik heb,' zei oom Hannes tegen mij.

Ik knikte. 'Ik heb het gezien,' zei ik.

'Ik kan je hier niet meer bergen,' zei hij. 'Je zult verder moeten.'

'Dat is goed,' zei ik.

'De jongen zal je brengen,' vervolgde oom Hannes.

Hij ging voor het raam staan. Een meisje met rode wangen kwam binnen en ruimde de tafel af.

'Zie je die boom daar?' vroeg oom Hannes. Hij wees naar buiten. Ik stond van de lege tafel op en ging naast hem staan. 'Als je bij die boom bent, zie je een overweg. Wacht daar op de jongen.'

Het meisje met de rode wangen ging nu de vloer aanvegen. Er lagen strootjes en broodkruimels op de grond. Onder de stoel waar het jongetje met de donkere ogen had gezeten, lagen een paar korstjes. Aarzelend liep ik naar de deur, niet wetend of ik meteen al weg moest. Oom Hannes staarde nog altijd naar buiten. Het meisje veegde de kruimels op een blik.

'Het allerbeste,' zei oom Hannes. Hij draaide zich om en knikte naar me.

Ik ging de kamer uit. In de gang stond mijn koffer. Buiten was de felle zon en de zware geur van mest. Ik stak het erf over en liep zonder om te kijken de weg op.

Het bed

De jongen kwam met twee fietsen aanrijden. Ik stond bij de onbewaakte overweg op hem te wachten en zag zijn lichtblonde kuif wapperen boven zijn roodverbrand gezicht. Hij zette de fietsen tegen een paal, nam mijn koffer en bond die op zijn bagagedrager.

'We moeten die kant op,' zei hij en hij wees naar een pad dat door een weiland liep. Ik knikte en stapte op. Hij reed voor mij uit over de zandweg.

Het was nog warmer geworden. Een paard stond bij een hek en joeg met zijn staart vliegen weg. Hier en daar graasden wat koeien, die loom hun koppen omdraaiden en ons nastaarden. De jongen fietste door zonder om te kijken. Het pad werd steeds moeilijker berijdbaar door het droge, losse zand. Ik moest hard trappen om niet te slippen. Maar nadat we een andere weg hadden ingeslagen, ging het beter. We kwamen uit op een vaart, met aan weerszijden kleine huizen.

De jongen kwam naast mij fietsen en zei: 'We zijn er bijna.' Hij had zijn zakdoek om zijn nek gebonden. Overal waren vrouwen bezig de steentjes voor hun huizen te schrobben en de ramen te zemen. Kinderen speelden op de grasstrook langs het water. Een visser zat roerloos naar zijn dobber te turen. Voor een van de huisjes stapten we af. Ik had het gevoel of mijn kleren aan mijn lichaam vastgeplakt zaten.

'Hier is het,' zei de jongen. We liepen over een grindpad achterom, waar een deur openstond die toegang gaf tot een keuken.

Een vrouw zat bij de tafel aardappels te schillen.

Ze had een mager gezicht met een scherpe, smalle neus en blond haar dat in slordige pieken hing.

'Hier is ze,' zei de jongen.

'Wie?' vroeg de vrouw, opkijkend.

'Het meisje,' zei de jongen.

'Nou al?' Ze bleef met een halfgeschilde aardappel in haar hand zitten en veegde met de andere hand een haarpiek weg.

'Je wist er toch van?' zei de jongen. 'Je had je toch opgegeven?'

'Ja, dat wel,' zei de vrouw. Ze sprak met een lijzige stem. 'Maar ik wist niet dat ze nou al zou komen.'

'Ze is nou gekomen,' zei de jongen. Ik stond half in de deuropening, met mijn ene voet op het grind en mijn andere voet op de drempel. De vrouw keek even naar me en ging toen verder met schillen.

'We hebben geen bed,' zei ze.

'Dat wordt gebracht,' zei de jongen.

'Wanneer?'

'Misschien vandaag nog, anders morgen, denk ik.'

'Als het maar waar is,' zei ze.

'Ik ga weer,' zei hij. Hij liep naar buiten en stak zijn hand omhoog. 'Het beste,' riep hij tegen mij. Hij reed weg zoals ik hem bij de overweg had zien aankomen, met de ene fiets aan zijn hand.

'Ga maar zitten,' zei de vrouw. Ik ging aan de andere kant van de tafel zitten. De aardappels vielen met een plons in de teil. Het water spatte tegen mijn been en telkens rilde ik. Maar ik verschoof mijn been niet. Bij elke geschilde aardappel wachtte ik op de druppels, als een dorstige die bij beetjes te drinken krijgt.

'We eten veel aardappels,' zei de vrouw toen de teil vol was.

'U hebt zeker een groot gezin?' vroeg ik.

'We zijn met z'n zessen,' zei ze, 'en er komt er weer een bij.'

'Wij waren met z'n vijven,' zei ik. Ik kon me niet herinneren dat er bij ons thuis zo veel aardappels geschild werden.

'Zijn de anderen allemaal weg?' vroeg ze.

'Ja,' zei ik.

'D'r komt niemand van terug, zeggen ze.' Ze keek op.

Buiten had het grind geknerst. Een paar jongens holden de keuken in, achter hen aan kwam een man. Het was een grote, forse man met enorme handen. Hij keek me zwijgend aan. Ook de jongens waren blijven staan toen ze me zagen.

'We hebben nog geen bed,' zei de vrouw.

'Zo,' zei de man, 'brengen ze dat dan niet?'

'De jongen zei dat het misschien vandaag of anders morgen zou komen.'

'Nou ja,' zei hij, 'ze kan wel zolang bij jou in bed, dan kruip ik bij de jongens.' Hij viel in een oude leunstoel neer en legde zijn voeten op de rand van de tafel. Hij droeg dikke zwarte sokken. Zijn klompen had hij voor de deur laten staan.

'We zullen maar zeggen dat je een nichtje uit Rotterdam bent,' zei hij tegen me.

'We hebben geen familie in Rotterdam,' zei de vrouw.

'We hebben wél familie in Rotterdam,' zei hij. 'In ieder geval heb ik een neef die er gewoond heeft.'

'En als ze het bed nou niet brengen?' begon de vrouw weer.

'Dan haal ik het,' zei de man. Hij rolde een sigaret. De vrouw gooide hout op de kachel en zette er de pan met aardappels op. Het hout knetterde en verspreidde een lucht van hars en rook. De kinderen waren naar buiten gegaan. Af en toe gluurden ze door het raam. Het werd broeierig warm in de keuken. De vrouw zette borden op de tafel. Zeven borden telde ik.

De tol

Aan de waterkant zat Rinus, onze buurman, te vissen. Ik ging naast hem zitten en keek naar zijn dobber.

'Wou je roeien?' vroeg hij. Hij zat onbeweeglijk met zijn hengel in zijn hand. Zijn houten been stak voor hem uit in het gras, als een roeispaan die iemand daar had laten liggen.

'Ja,' zei ik, 'ik zou vanmiddag graag wat willen roeien.'

''t Is goed,' zei hij, 'neem de boot maar, ik heb hem niet nodig.'

Ik had al vaker zijn roeiboot mogen lenen, want zelf gebruikte hij hem niet zoveel. Hij zat meestal op de oever te vissen. Sinds hij zijn been verloren had – hij had me eens verteld dat het bij een ongeluk met een tractor gebeurd was – deed hij niet veel meer. Ik bleef nog wat zitten. De zon verwarmde mijn rug; ik werd er zo loom van dat ik liever de hele middag aan de waterkant was blijven liggen. Maar ik moest in het dorp zijn.

'Kijk 'ns,' zei Rinus, 'daar is er weer een.'

Eerst dacht ik dat hij wat gevangen had, maar hij keek omhoog naar de blauwe lucht, waar een zilveren stip zich ronkend voortbewoog.

'Het zal niet lang meer duren,' zei hij, 'dat zul je zien.' Ik dacht aan mijn vader, die dat ook altijd gezegd had. Rinus staarde weer naar zijn dobber. Ook toen er meer vliegtuigen volgden, bleef hij naar het water kijken. Ik stond op en ging naar het bootje, duwde het van de kant en roeide met langzame slagen naar het midden van de plas. Ik zag Rinus steeds kleiner worden. Het klotsen van het water tegen de wand van het bootje was het enige geluid dat ik hoorde. Zonder het te merken kwam ik tussen het riet terecht. Ik trok de spanen in de boot en bleef zitten. Alles leek nu normaal. Ik was op een zomermiddag aan het roeien. In de verte floot een trein. Er zaten mensen in die met vakantie gingen. Over het riet heen kon ik de kassen van de Aalsmeerse kwekerijen zien. Ze waren vol bloemen. Bloemen om in vazen te zetten. Bloemen voor een verjaardag. Hartelijk gefeliciteerd en hier zijn wat bloemen. Ik heb vanmiddag nog geroeid. Het was heerlijk op het water. Een kikker sprong met een plons tussen het riet. Ik moest opschieten. Ik werkte me tussen de rietstengels uit en roeide verder in de richting van het dorp.

In het café bij het station had ik met Wout afgesproken. Ik ging voor het raam op hem zitten wachten. Er waren weinig bezoekers. Een grammofoon liet Duitse liedjes horen. Buiten speelden kinderen met een tol. Achter hen zag ik Wout aankomen met de tas van mijn broer onder zijn arm.

'Heb je het naar je zin hier?' vroeg hij, toen hij tegenover me zat. Hij haalde wat boeken uit de tas.

Ik knikte. 'Toch zou ik liever in Amsterdam zijn,' zei ik.

'Waarom?' vroeg Wout. 'Je zit hier betrekkelijk rustig. In Amsterdam is het lang zo veilig niet voor je.'

''t Is net of ik vakantie heb,' zei ik. 'Ik ga veel roeien, ik lig in de zon, ik help wat in het huishouden en verder voer ik niets uit.'

‘In Amsterdam zou je ook niets kunnen doen,’ zei hij.

‘Heb je voor me geïnformeerd?’ vroeg ik.

‘Ja,’ zei hij naar buiten kijkend. ‘Ze zijn doorgestuurd.’

Ik volgde zijn blik.

‘’t Is toltijd,’ zei ik.

Een meisje liet haar tol op de stoep draaien. Het was een rode tol; ze sloeg er met haar zweepje naar, waardoor hij met een sierlijke boog de rijweg op vloog en als een balletdanser rondwervelde, vlak voor een vrachtauto.

Wout speelde met een bierviltje. Hij liet het op de tafel kantelen en rollen en op zijn vingers vallen. Er passeerden een paar soldaten. Hun zware stappen klonken lang na. Het meisje had haar tol verpletterd teruggevonden.

‘Ze zullen terugkomen, denk je niet?’ vroeg ik.

‘Ja,’ zei Wout, ‘misschien is het nu gauw afgelopen.’

‘Laten we hier weggaan,’ zei ik.

We stonden op. Terwijl ik door de draaideur naar buiten ging, stapte een Duitse soldaat naar binnen.

We draaiden tegelijk.

Buiten stond het kind te huilen om haar tol.

Een ander

Het bed dat oom Hannes beloofd had te zullen brengen, kwam niet en de man ging het ook niet halen. Hij kwam 's avonds altijd doodvermoeid thuis en stond 's morgens voor dag en dauw op. Hij was daglo-ner bij een boer en het werk dat hij daar doen moest was vooral in de zomermaanden heel zwaar. Zondags nam hij er zijn gemak van en sliep hij het grootste gedeelte van de dag. Af en toe stoeide hij eens met zijn vrouw, maar heel kort, want ze werd er gauw kwaad om.

Ik moest al die tijd bij de vrouw in bed slapen terwijl de man met de jongens in een ander bed sliep. Het was erg benauwd op de lage vliering, waar nooit gelucht werd. Ik sliep er slecht, want ik durfde me niet te bewegen, bang als ik was om de vrouw aan te raken. Ze had me verteld dat ze zich nooit waste.

'Ik ben immers niet vuil,' zei ze. 'Ik trek iedere week schoon goed aan.'

'Jullie hadden zeker een ruimer huis?' vroeg de man.

'Ja,' zei ik.

'En genoeg bedden?' vroeg de vrouw.

'Een heleboel,' zei ik, 'we hadden vaak logés.'

'Hoeveel waren er?' wilde de vrouw weten.

Ik dacht na. Ik kon me het huis niet goed meer voor de geest halen. Ik zag de straat in Breda, het weiland aan de ene en de voortuinen aan de andere kant; de kuil in het wegdek waar ik altijd overheen fietste, de verzakte trottoirband, waar ik de stoep op zwenkte, het luikje in de deur, dat openstond en waar je je arm door kon steken om aan het slot te trekken. Ik zag de tochtdeur die piepend terugviel, de gang, de kamerdeuren. De trap naar boven.

'Ik weet het niet meer,' zei ik.

'Nou ja,' zei de vrouw, 'het zullen er genoeg geweest zijn.'

'Ik geloof het wel,' zei ik.

''t Is zonde van zo'n huis,' zei ze.

'Wat zonde?' vroeg de man.

'Nou,' zei ze, 'zo'n huis met van alles erin.'

'Als de oorlog voorbij is,' zei ik, 'zullen we er wel weer gaan wonen.'

'Ja, ja,' zei de man. Hij rolde een sigaret en keek me aan. 'Ja, ja,' zei hij nog eens, nadat hij met zijn tong het vloeitje bevochtigd had.

Het was de laatste avond dat ik bij hen was. De volgende dag zou ik weggaan. Het geld dat Dave voor me in zijn tas had achtergelaten, raakte op. Nu ik het niet meer kon betalen, wilde ik het arme gezin niet langer tot last zijn. Wout wist een adres voor me in Heemstede. Ik zat aan de keukentafel en bleekte mijn haar. Overal schemerde er weer zwart door. Het sterke middel, waarvan ik – door het veelvuldig gebruik – lichtblond geworden was, deed allang geen pijn meer.

'Je kunt beter blond zijn van jezelf,' zei de vrouw.

'Maar ze is het niet,' zei de man. 'Als ze 't was, zat ze hier niet.'

'Jullie soort mensen zijn altijd donker, hè?' zei ze.

'Nee,' zei ik, 'niet altijd.'

'Maar je kunt toch altijd zien wat ze zijn,' zei ze en

ze streek peinzend over haar bolle buik. 'Ik heb eens een jodenman gekend,' zei ze; ''t was een nette man. Hij kwam vaak bij de mevrouw waar ik diende.'

De volgende dag ontmoette ik Wout aan de bushalte. Ik zag hem naar mijn haar kijken.

'Zie je iets?' vroeg ik.

'Je bent aardig blond geworden,' zei hij.

'Niet onnatuurlijk?' vroeg ik.

'Nee,' zei hij, 'er is niets verdachts aan je te zien.'

Maar daar was ik niet zo zeker van. Hoewel ik me geheel vertrouwd had gemaakt met het idee op een dag ook gepakt te zullen worden, voelde ik me op reis weinig op mijn gemak.

'Doe maar gewoon,' zei Wout.

Ik dacht aan de tijd toen ik werkelijk gewoon was. Ik vroeg me af hoe dat geweest was. Ik was vergeten hoe ik keek als ik op straat liep, hoe ik me voelde als ik in de trein stapte, wat ik zei als ik een winkel binnenging. Wout had mijn persoonsbewijs bij zich. Hij gaf het me voor we in de bus stapten. Het oude had ik al weggegooid. Het had veel geld gekost, maar het was erg slecht. Dit kostte niets.

'Wat voor een naam heb je me gegeven?' vroeg ik.

'Een mooie naam,' zei hij.

Ik moest denken aan een tante van me, die eens zeer ernstig ziek was geweest. Er werd voor haar gebensjt in de sjoel; men gaf haar een andere naam, een mooie naam van iemand uit de bijbel; en zij herstelde.

In de bus bekeek ik het persoonsbewijs. Mijn foto met het lichte haar en mijn vingerafdruk. Ik las de naam. Het was of ik aan mezelf werd voorgesteld. Ik zei hem een paar keer zacht voor me heen.

Later, toen we in Heemstede langs een smalle vaart liepen, wees Wout naar een laag, oud huis.

'Hier is het,' zei hij. 'Je zult er volkomen veilig zijn.'

We gingen een bruggetje over met een ijzeren hek. Een lang blond meisje in een overall kwam ons tegemoet.

Ik zei mijn naam, mijn nieuwe naam.

Epiloog

De halte

Enige weken na de bevrijding zocht ik mijn oom in Zeist op. De bezetters hadden hem ongemoeid gelaten omdat hij getrouwd was met een niet-joodse vrouw. Hoewel ik hem niet van tevoren geschreven had, zag ik hem bij de tramhalte staan.

'Hoe wist u dat ik komen zou?' vroeg ik hem.

'Ik sta iedere dag bij de halte te wachten,' zei hij. 'Ik kijk of je vader meekomt.'

'U hebt toch bericht gehad van het Rode Kruis?' vroeg ik.

'Ja,' zei hij, 'dat kunnen ze nu wel zeggen, maar ik geloof het niet. Je kunt immers nooit weten?'

We staken het pleintje over en wandelden naar zijn huis, dat een minuut of twee van de halte vandaan lag. Ik had mijn oom in geen jaren gezien. Ik vond hem erg veranderd. Hij moest in de vijftig zijn, maar hij liep naast me met vermoeide, sloffende pasjes als iemand die niets meer van het leven te verwachten heeft. Zijn haar was spierwit geworden en zijn gezicht was geel en ingevallen. Hoewel hij altijd veel op mijn vader had geleken, kon ik nu geen gelijkenis meer bespeuren. Hij had niets meer van de vrolijke, zorgeloze oom van vroeger. Voor de deur van zijn huis bleef hij staan.

'Praat er maar niet met tante over,' zei hij, zich naar mij toe buigend. 'Zij begrijpt het toch niet.'

Hij stak de sleutel in het slot. Ik ging achter hem aan

de trap op. In een kleine, sombere kamer stond mijn tante thee te schenken. Mijn oom ging in een leunstoel bij het raam zitten.

'Van hier uit,' zei hij, 'kun je de tram zien aankomen. Dat is heel gemakkelijk. Er is nu weer een geregelde dienst op Utrecht.' Hij stond op en slofte de kamer uit.

'Oom is ziek,' zei mijn tante tegen mij. 'Hij weet het gelukkig zelf niet, maar hij kan niet meer beter worden. Hij heeft het zich heel erg aangetrokken, van de familie.' Ik knikte. Ik zei dat het hem aan te zien was en dat ik hem zo veranderd vond.

'Sst,' zei ze, met de vinger op de lippen. Hij kwam binnen.

'Kijk,' zei mijn oom. Hij liet een paar donkere kledingstukken zien die hij over zijn arm droeg. 'Dit is een keurig pak, er mankeert helemaal niets aan.'

'Van u?' vroeg ik.

'Ik heb het al die jaren bewaard,' zei hij. "t Hing netjes in de kast met mottenballen ertussen.' Er klonk iets triomfantelijks in zijn stem toen hij me toefluisterde: 'Voor je vader.'

Hij hing het pak voorzichtig over een stoel en vervolgde: 'Ik heb ook nog een paar schoenen in de kast staan. Zo goed als nieuw. Wil je ze zien?'

'Straks maar,' zei ik. Maar hij vergat het, want toen ik na enige tijd opstond om te vertrekken, schoot hij gauw in zijn jas.

'Ik loop even met je mee,' zei hij, terwijl hij zijn horloge raadpleegde. 'De tram komt zó aan.'

Maar de tram stond juist op het punt te vertrekken. Ik nam haastig afscheid en sprong erin. Van het achterbalkon af zwaaide ik naar hem toen we wegreden.

Maar hij zwaaide niet terug. Hij stond naar de tram te kijken die van de andere kant kwam en ik begreep dat hij die bedoeld had. Voor we de bocht om gingen zag ik hem, klein en gebogen, turen naar de reizigers die aan de halte uitstapten. Ik bezocht hem daarna nog verscheidene malen. Nooit stuurde ik van tevoren bericht. Altijd stond mijn oom aan de halte. Iedere keer zag hij er ouder en zieker uit en liet hij het kostuum zien dat hij in zijn kast bewaarde.

Op een dag kreeg ik van mijn tante bericht dat mijn oom gestorven was. Ik ging weer naar Zeist en in de tram dacht ik eraan hoe vreemd het zou zijn mijn oom niet aan de halte te zien. Onwillekeurig keek ik bij het uitstappen om me heen.

In de halfdonkere kamer zat mijn tante aan tafel met een kruiswoordraadsel voor zich. In haar hand hield ze een potlood met een scherp geslepen punt. Ik ging in de stoel bij het raam zitten en schoof het gordijn wat opzij. Aan het einde van de straat zag ik een gedeelte van het wachthuisje.

'Hij zat daar zo graag,' zei mijn tante. 'Hij keek naar de tram.'

'Je kunt hem van hier af zien aankomen,' zei ik.

'Ja,' zei ze, 'dat zei hij ook. Ik heb 't eigenlijk nooit goed gezien.' Ze ging achter mij staan en boog zich over me heen. 'Nauwelijks,' zei ze, 'je kunt er nauwelijks iets van zien.'

Maar dat was niet waar. Uit de stoel van mijn oom was de halte duidelijk zichtbaar. Ik begreep nu ook waarom mijn oom gezegd had er maar niet met tante over te praten. Even voor ik wegging, kwam mijn tante met het kostuum aandragen.

‘Hier,’ zei ze, ‘oom heeft gezegd dat ik het aan jou moest geven.’

‘Ik kan er niets mee doen,’ zei ik. ‘Geeft u het maar aan iemand die het gebruiken kan.’

Ze boog zich over haar kruiswoordraadsel toen ik de kamer uit ging. Langzaam liep ik naar de halte. Ik had al gezien dat er nog geen tram gereedstond. Maar er was er intussen een van de andere kant gekomen.

Ik bleef staan om te kijken naar de mensen die uitstapten, alsof ik op iemand wachtte. Iemand met een vertrouwd gezicht, vlak voor het mijne. Maar ik miste het geloof van mijn oom. Zij zouden nooit terugkomen, mijn vader niet, mijn moeder niet, Bettie niet, noch Dave en Lotte.

Inhoud

Op een dag	7
De Kloosterlaan	12
De sterren	16
Het flesje	20
De foto's	24
Het gebeurde	27
Kampeerbekers	30
Verzegeld	34
In bewaring	37
Thuiskomst	40
In het souterrain	43
Sabbat	46
Het meisje	51
De Lepelstraat	55
De mannen	58
Het bittere kruid	62
Uit elkaar	66
Het kruispunt	70
Het bed	74
De tol	78
Een ander	81

Epiloog

De halte	85

Verklaring van enkele joodse woorden en uitdrukkingen

Almemmor — Verhoging in het midden van de synagoge, waar uit de wetsrol gelezen wordt

Bandeau — Pruik die de orthodox-joodse vrouw draagt wanneer zij gehuwd is

Bensjen — Gebed uitspreken voor een ernstig zieke

Brooche — Zegen

Gazzan — Voorzanger

Kiddisjbeker — Wijnbeker waar alle leden van het gezin een teug uit nemen om de sabbat in te wijden

Kille — Gemeente

Mitswe — Zegenwens

Seideravond — De eerste twee avonden van het paasfeest, waarop de uittocht uit Egypte symbolisch gevierd wordt

Talles — Gebedskleed

Tefille — Gebedenboek

Thora — Wetsrol